时光碎影

邱海文 著

山西出版传媒集团　北岳文艺出版社

·太原·

图书在版编目（CIP）数据

时光碎影 / 邱海文著 . -- 太原：北岳文艺出版社，2025.4. -- ISBN 978-7-5378-7067-2

Ⅰ.I267

中国国家版本馆 CIP 数据核字第 2025P7U970 号

时光碎影
SHIGUANG SUI YING

邱海文 ◎ 著

项目统筹 刘文飞	出版发行：山西出版传媒集团·北岳文艺出版社 地址：山西省太原市并州南路 57 号　邮编：030012 电话：0351-5628696（发行部）　0351-5628688（总编室） 传真：0351-5628680
责任编辑 吴国蓉	经销商：新华书店 印刷装订：四川科德彩色数码科技有限公司
装帧设计 书香力扬	成品尺寸：145 mm×210 mm 字数：130 千 印张：5.75 版次：2025 年 4 月第 1 版
印装监制 郭　勇	印次：2025 年 4 月四川第 1 次印刷 书号：ISBN 978-7-5378-7067-2 定价：58.00 元

本书版权为本社独家所有，未经本社同意不得转载、摘编或复制

时间的思考（序）

关于散文创作，天才在阅历面前形同白痴，这是散文这种体裁的叙事性和经验性决定的，无论写作者多么能够妙语连珠，多么能够奇思妙想，如果缺乏阅历这个实实在在的经验或经历，便只能是纸上谈兵。当然，只有阅历与经验，而缺乏文学天赋，显然也是空谈。邱海文先生的散文创作无疑是最有力的见证，那就是丰富的阅历奠定了他散文的言之有物、言能生巧，文章信息量丰富，并且能得心应手地在文章的天地中纵横驰骋，从而使文章具有经典性。

首先，海文是一位诗人，他曾经出版过一本诗集，这对于他后来进行散文创作是很好的事情，也是非常重要的打好语言基础功夫的积累。诗歌是语言的艺术，唐朝诗人贾岛说："两句三年得，一吟双泪流。"可见诗歌语言得来的艰难程度。有了写作诗歌这个经历，语言的意象、语言的色彩、语言表达的精准度都得到了提升，这个经历首先弥补了许多不是诗人写散文的技术缺失，我们从海文先生的散文作品中也读到了各种微妙。其次，海文先生出生于知识分子家庭，具有先天的文化基因和受后天潜移默化的教育影响。海文先生在本书的跋中写道："小时候受父亲影响，对有关历史与文学题材的各类书籍情有独钟，如饥似渴地畅游在知识的海洋，怀揣着文学梦，幻想着有一天能写出震惊世人的恢宏巨著……"从小心里就有一颗文学的种子，这一点也是许多作家没有的。这显然是邱海文先生在散文创作前不同于许多人的重要阅历之一。

海文先生是位极有耐心的作家，他能在十年前出版一本散文集后销声匿迹，不动声色，安安静静地读书、研习，慢条斯理地创作。说实话，对于当下一个有些资历的作家来说非常不容易，当下的现实是快节奏，一切皆为快节奏。一些网络作家每天的创作字数都在万字以上，一部书动辄就是百万字、几百万字，甚至上千万字。而许多严肃文学，或者叫传统文学创作的作家，一年写作出版一本书是普遍，一年出几本书的也有，这叫高产。再加上文学组织机构的火借风势，摇旗呐喊，又是开研讨会，又是提高文学奖奖金，诸多鼓励手段并用。互联网、电脑、文学消费快餐化的现实促成了如是的文学创作现实。试问，有几位作家还坐得住？一年不出书可以，两年不出书也可以，那么三年、五年呢？海文先生安静了十年，十年写了三十多篇散文，这种沉得住气的耐心恐怕已经令多少作家汗颜了。

我主张文学作品追求经典性，写得多不见得是好事，厚积薄发、千锤百炼才会提高创作精品的概率。利用文学组织的官方身价频繁召开研讨会，组织一些不负责任的文学评论家轰炸式胡乱吹捧，欺骗人云亦云、没有真知灼见的读者，误导文学创作风向，让更多的作家远离文学，让更多的读者厌弃文学——这是一种令人担心的现象，其本质是不能为人民发声，不能为真理立言，说假话，抒假情，轻视经典，往往还能大行其道。这是文学的乱象。

邱海文先生耐得住寂寞,不草率写作,不赶时髦跟风写作,而是有担当、有责任、安静地认真创作,这是值得敬重的品德。

他的这本散文集,收录了他近十年来创作的散文作品,内容主要是讲述身边发生的故事,探究地方人文历史的发展脉络,书写他与故乡的关联,以及对现实生活的真情实感。这些题材是他熟悉的,无论是间接得来、亲眼所见,或是亲力亲为,都是他的阅历沉淀、独立思考、作家创新。这些作品是他的精血之作,他书写的是自己熟知生活的升华,他追求的是让读者从他的文字中读到熟悉的场景、体验到熟悉的情感因而产生共鸣。这是一个好的作家对民众的关爱,对历史的责任,对读者的尊重。这种创作动机和态度,是具有产生经典作品的可能性的。

在创作过程中,海文先生历经数十年阅读、游历的积累,但仍然熬更守夜冥思苦想,呕心沥血艰难创作。他认为写作是一场孤独的旅行,有快乐有沮丧,甚至还有绝望,反思自己这样辛勤的劳作是否值得?但这些都是写作中的酸甜苦辣,他终究没有放弃,一直走到今天。

邱海文先生笔下的世界是丰富的,思想积极向上,而且文章不乏智慧和趣味。

他的文章不是浅尝辄止,而是曲折且多彩的。譬如《何处寄乡关》,这显然是个陈旧的话题,而作家却赋予它新意。文章不经意间告诉我们作家祖上是湖广人,因湖广填川才来到这里,此后便一直居住于此,他乡已成故乡。继而叙述地理与文化的关隘很复杂,错综的历史与眼前的现实构成故乡画面,何处是乡关?何处可以寄托乡关?文章的延伸,文化历史的钩沉,其复杂与重要，其切近而悠远，其异常而亲切，无不如剥竹笋一般，层层递进；文化厚重，逻辑清晰。最后，作家揭示主题，因湖广填四川移民，实川的新四川居民流泪流汗，留下了诸多"古镇上幽深曲折的青石板街巷，是挂满旗幡的木板铺面，杂货店内琳琅满目，茶馆酒肆喧哗热闹，天后宫、南华宫、陕西馆、天主堂、火神庙等九宫十八庙人潮涌动，香火袅袅"等新遗迹、新见证，即新故乡观念叙述圆满，最终是"心安即是归处，他乡亦可寄故乡"的结论。洋洋五千多言，生动地叙述了一种抽象的情绪，历史与现实交织，描绘了一幅崭新的新故乡图景，将"爱"尽藏其中。书中篇章看似时光里的碎片倒影，实则从远处的历史到脚下的现实，从少年的顽皮到成年的成熟，从供销社到新农村，各有侧重地构建为一个作家视野下的整体世界，其生动和真情始终如一，其丰富与厚重相得益彰，这就是邱海文的妙笔生花。所有这些，我以为都是邱海文先生的阅历成就的。

一个具有知天命的年龄的有心人，具有从小做着作家梦的作家，具有生活在中国这样丰富的现实与历史中的中国人，这个阅历应该写出好散文。至于经典的含金量，邱海文先生，包括我自己，都必须继续努力！

牛　放

2023年10月26日于成都市随园书斋

（牛放，中国散文学会理事，四川省作协散文专委会副主任）

目 录
CONTENTS

辑 一

何处寄乡关	/ 002
致敬古榕树	/ 011
陈家山的皂荚树	/ 018
行走在春天的河流	/ 023
孝泉行	/ 034
候鸟栖息在重装之城	/ 039
远去的桨声	/ 044
三苏祠里访"三苏"	/ 048
在海窝子探寻古蜀之源	/ 057

辑 二

带雨斜开扁豆花	/ 062
坝坝电影	/ 066
饥饿的黑龙河	/ 071
乡村供销社	/ 077
那一条弯窄的大巷子	/ 086

父亲与山 / 094
漫步在桂湖边 / 100
擦身而过的黎表哥 / 105

辑 三

芍药花开 / 110
绿枣如歌 / 114
枇杷山庄 / 118
高槐书院 / 123
村史馆的乡愁 / 128
高景关外古茶香 / 132
云盖山村 / 135
凉山索玛花 / 141
文昌故里工运情 / 144

辑 四

香港漫谈 / 150
微尘世界的歌哭与悲欢 / 153
生命的重与轻 / 156
《山歌寥哉》聊刀郎 / 159
聆听乡土的声音 / 162
文学路上摆渡人 / 165

跋 / 169

Chapter 辑一

何处寄乡关

"日暮乡关何处是？烟波江上使人愁。"这是唐代诗人崔颢在登黄鹤楼时发出的感慨。夕阳西下，暮色沉沉，崔颢独自一人登上黄鹤楼，望着烟波浩渺、奔腾不息的长江水，思乡之情油然而生。一个长期在外漂泊的人，每当孤独失意之时，总会情不自禁地思念故土和家乡的亲人。是啊，落叶归根，故乡是连接情感的钥匙，是心灵栖息的港湾，能够带给人温暖。

自湖广填四川移民以来，我们家族祖祖辈辈一直生活在德阳市旌阳区地域范围。除了外地读书求学的几年，我都羁绊在本土，虽然偶尔会因旅游或公差出趟远门，那也不过短短数日，对崔颢他们那种切肤的思乡之情没有深刻的感受。但作为史志工作者，不仅深爱着这块生我养我的土地，也渴望触摸岁月变迁中吹过的风和雨，走过的人和事。这里所说的"乡关"，我不仅要表达故乡之意，更是对守护家乡关隘屏障的探寻。我的乡关寄在何处呢？有人说是鹿头关，在黄许古镇；有人说是绵竹关，在绵竹故城遗址；也有人说是罗江的白马关，鹿头关与绵竹关都在这里，是同一个地方。由于文献资料语焉不详，本土文史爱好者众说纷纭，各执一词，莫衷一是。

黄许镇距离德阳市区十公里，毗邻罗江，既是旌阳血液里重要的营养成分，也是连接成都北上出川的交通要道。清朝以前黄许镇有多种称谓，唐代曾在场镇设绵水栅，亦名鹿头城，后来又以绵水镇、连山铺等身份出现。黄许镇镇名的来由据传是清雍正年间的盛夏，一个姓黄的布政使和一个姓许的按察使，奉皇帝指令入蜀巡察。二人结伴而行，一路上翻山越岭甚是辛苦。途经连山铺时，不知是炎天暑热水土不服，还是吃了不干不净的饮食，双双染疾，病死在下榻的万寿宫（江西会馆）内。由于天气酷暑难耐，距离京城又路途遥远，地方官员一边忙着写情况说明上报朝廷，一边不得不将已尸腐不堪的二人就地合葬，立碑建墓，并栽种皂荚树做标识。因担心上级领导问责擅自处理和掩埋钦官之事，经商议合计后，决定将连山铺改名为黄许镇，取其两位官员之姓，以为镇名，表示对这两位钦差大人的褒奖和纪念。于是黄许镇名由此而来，沿用至今。

20世纪90年代初，我到黄许镇参加工作，乡政府就在皂荚树附近，树旁有个大礼堂，既可以用来开大会，也可以放电影、演戏。黄、许二人的墓地早已毁损，唯有这皂荚树高大葱翠。我住在古镇上，并在那里娶妻生子度过了十五个春秋。白天我用脚步丈量绵远河两岸的山水林田，夜晚则穿过逼仄昏暗的老街巷，枕着河水入眠。清晨推开后窗，河风送来鹿头山花草树木的清香，明媚的朝霞爬过黛青色山峦涂抹暖阳。我曾配合省、市考古队对绵竹故城进行初探挖掘，也曾到因庞统祠而闻名遐迩、游人熙攘的白马关踏青游玩，可以说黄许镇留下了我的青春韶华，我对它的熟悉程度就如同面对自己的身体，但所听闻的关于"三关"的表述却只言片语，含混不清。

旌阳区被绵远河一分为二，河西是千里平畴、膏腴富庶的川西平原，河东则是高低起伏、连绵不绝的龙泉山脉。沿川陕公路过黄许古镇绵远河大桥，抵达醪糟店的小家禽市场，已是平原西北的边缘地带，再往前便是漫漫山路了。山坡上的高台地被称为"灵氽镇"（俗称林坎镇），从此一路向北翻越秦岭至宝鸡，绵延数千公里都是崇山峻岭，路途艰险。李白曾仰头叹曰："蜀道难，难于上青天！"站在灵氽镇最高处，遥想唐朝末年的某个春天，天际高远，山色空蒙，诗人郑谷打马在山头上远眺，前方山路已穷尽，平坦开阔的原野赫然在目，绵远河像条白色的飘带一路向南盘桓徜徉。盛景美图让他如释重负，舟车劳顿之苦一扫而空，欣喜之余吟诵："马头春向鹿头关，远树平芜一望闲……"鹿头山因"昔有张鹿头于此造宅"而得名，从绵州（今绵阳）迤逦入旌阳地界，属龙泉山北段支脉。鹿头关是建在鹿头山的关隘，与黄许古镇和绵竹故城隔绵远河相望，形成三角之势。

从清代嘉庆版《德阳县志·关隘志》，以及志书地域图的标注中观察，我认为，鹿头关既不在绵远河以西的黄许古镇，也不在罗江的白马关，而是在灵氽镇周边，即现在的黄许镇广平、宏山村沿线山坡地带。至于人们常说的汉时绵竹关是明代才有的说法，并不是指当时的绵竹故城，也应该是这一片区域。

鹿头关，唐时又称鹿头戍，自汉唐以来皆为要隘。仗不是年年打，天天站在瞭望台上，瞭望的只是昼夜的更替、四季的轮回。紫燕南归，雁阵北回。作为戍边的将士，虽然城堡内有集市贸易，有店铺、客栈、寺庙，有贩夫走卒、乡人行者，但日子依旧单调而清苦。后无战事戍守，灵氽镇逐渐烟消人散，废为村墟，没能逃脱裁撤合并至黄许镇的命运，只是作为驿站和查处私盐贩卖的监关留下轻轻浅浅的印痕。晚唐诗人薛能在《行次灵龛驿寄西蜀尚书》一诗中这样写道:"北客推车指蜀门,乾阳知已近临坤。从辞府郭常回首,欲别封疆更感恩。援寡圣朝难望阙,暑催蚕麦得归村。雷公解剧冲天气,白日何辜遣戴盆。"将灵龛镇称为"蜀门"。清代广汉诗人张邦伸也曾赋诗描写过灵龛镇烟火稠密、绿树环绕、稻穗飘香的田园风光。

曾经的灵龛镇已与普通的小山村无异,只有一排铁红色琉璃瓦的平房边,几堵一人高的土墙还遮盖着神秘的帷幕。墙体苔藓深绿,墙垣斑驳,深陷在杂草和灌木丛中,如同那段时光湮灭在滚滚红尘。墙边几笼绵竹密集茂盛,翠绿葱茏,仿佛是仗剑而立等待有缘人的侠士。这墙内曾经的主人,不知是戍守边关的士兵,还是吃斋念佛的僧侣;是瞭望的烽火台,还是望乡的高楼?寂寞的残垣眼眶深陷,空洞的嘴巴似乎想急切地告诉我,隐藏多年的真相。金戈铁马的征战声,穿透土石夯实的泥墙,也穿透历史的烟雾和隔世的光阴。我依稀听见一个端坐在关口城墙上的胜利者,带着哭声在歌唱。墙下长高的荒草和荒草丛中隐居的刀剑、枯骨都是他的听众。我想之所以取名为灵龛镇,概因希望能得到神灵的护佑,且有大片绵竹林陪伴慰藉吧。

当地长寿老人刘泽山告诉我,过去灵龛镇地势险要,易守难攻。镇上住着十几户人家,也许很久以前作为戍关和驿站兴旺过,但从他记事起就是一个小村落。原来有个古刹叫灵杞寺,走进山门便是财神菩萨,偏殿是摆放着一尊石牛的牛王庙,观音殿内塑有千手观音,最高处是三层的玉皇楼,在寺庙外有根天灯桅杆,一年四季灯火长明。刘大爷在广平村任赤脚医生多年,长期为村民行医问诊,虽然鲐背有五,华发清瘦,却耳聪目明,对往事记忆犹新。查阅德阳旧县志,我觉得此玉皇楼应该就是书上所载的望秦楼。唐玄宗安史之乱逃亡四川途中,于此回望长安;秦女远嫁古蜀王,也是沿着金牛古道至此深情凝望咸阳的方向。虽有传说的成分,可但凡踏上成都平原这个最后的山丘,那回首的目光必定饱含了异乡人对故土的眷恋不舍,以及远行陌路的隐忧与无奈。至于何人何时修建,都已经不是重点了。

1928年,王铭章在德阳驻军期间,变卖庙产充作经费,组织人员削山填洼,拓宽关口通道,修建川陕公路。抗战爆发后,他率领首批川军从此路步行至宝鸡,英勇顽强抵御外侮,在滕县保卫战中以身殉职,为不久后的台儿庄大捷创造了有利条件。1949年底,贺龙指挥解放大军沿途追击残匪,和平解放德阳。时光荏苒,有多少热血男儿心怀家国,从鹿头关匆匆走过,义无反顾舍生取义。灵龛镇附近的德罗快速通道正建设得如火如荼,不远处京昆高速公路、宝成铁路车流如梭,天堑已变通途,英雄的故事却仍在赓续。

旌阳区在德阳未建地级市以前就叫德阳县,已有一千四百多年历史。而旌阳地界上最早建县则是汉高祖六年,在黄许古镇上行约两公里地的新龙村与袁家村交界处一个叫"土将台"的地方,设置广汉郡绵竹治所,兴衰存亡了七百多年。掀开绵竹故城历史长河画卷的一角,我不禁感慨世间沧海桑田。益州刺史刘焉在这里消灭了号称黄巾军的赵祇和马相,建益州治地进退有据;刘备率军攻雒城(今广汉)坐镇指挥,运筹帷幄成竹在胸;凤雏庞统壮志未酬,流矢折翅,让人扼腕叹息;莽张飞沙场点兵,力拔山兮气盖世;诸葛瞻父子寸土不让誓拒曹魏,气贯长虹,江河呜咽;巴西宕渠(今渠县)流民李特、李流揭竿而起,不愿屈服拼死抗争……由于连年征战，绵竹故城被破坏殆尽，最后县治所不得不迁址异地。昔日的城池已被岁月的风沙抹平，残破的瓦砾把故事隐没在黑土之下，如今呈现在面前的是平整的庄稼地和散落在竹林丛中的房舍，只有乡村公路边"全国重点文物保护单位"的紫褐色石碑，默默地向遥远致敬。

有资料显示，在几亿年前绵竹就已经盛产竹子。绵竹因地滨绵水（绵远河），多竹而得名。它既是一个地名，也是一种竹子的称谓，在旌阳乡村房前屋后到处可见，就像世代生活在这里的黎民百姓随遇而安，开枝散叶。曾几何时，圆筒壁厚、梢部劲直的绵竹见识了人世间一幕幕英雄泪、儿女情的悲喜剧演绎，它以四季常青的坚韧给人们希望，又以虚怀若谷的胸襟抚慰苦难和哀伤。它既是将士们战斗的箭矛、修房造屋的建筑材料，也是农村不可或缺的生活用品。无论是男人的扁担、村妇的竹箩、厨师的竹笋，还是老人的手杖、小孩的牧笛，它都无私地给予，我甚至怀疑三国时期的"孟宗哭竹"孝行故事就发生在此地。

《华阳国志校补图注》是晋代学者常璩著的，任乃强校注，书中对绵竹故城多有记述，其《蜀志形势总图》中也标注有途经绵水东岸鹿头关的路线图。蜀中历史形势，都是对北方的防守重于其他三个方向。古时从北方入川到成都主要有金牛道、阴平道和米仓道三条道路，其中金牛道是最重要的古道。在金牛道上，以葭萌（今昭化）、剑门、涪城（今绵阳）等山水为阻建立了五道防线。因四川属盆地，四周高山林立、峡谷纵深，仅靠车马步行的冷兵器年代，从北方中原大地来往成都者必先经过黄许。从宏山村麻山梁子到红海村万胜堆，鹿头山系呈半弧形延伸到河心，成都借此城与绵远河、鹿头山第四道防线为屏障以护大平原，鹿头关一旦失利,仅靠雒城与石亭江据守,蜀地政权必然危如累卵,因而鹿头关不仅是旌阳的乡关,也是拱卫天府之国的重要门户。

由于成都平原温和湿润、丰裕富饶,又偏安西南一隅,是割据称雄的宝地,被许多贪恋权位者觊觎。所以自古以来民间就有"天下未乱蜀先乱,天下已治蜀未治"的说法。鹿头关作为关隘屏障和战略要地、军事重镇,是一个注定布满刀伤和枪伤的地方,战争自然是如影随形,无可遁逃。

灵龛镇鹿头关前行约一里地,有条叫石堰子的河沟是旌阳与罗江的交界处,河上有座广济桥连接两地。广济桥周边有约两里宽、数里地长的南北走向的山间坝地,如同马鞍使得鹿头关与白马关遥相对峙。我猜想,这一片狭长地带,大概就是史书上多次提及的短兵相接、血染疆土的古战场吧。三国时期,诸葛亮的儿子诸葛瞻、孙子诸葛尚等蜀国五员大将领兵从绵竹城北门过袁家巷古渡口,沿绵远河与麻山梁子、马鞍山之间的通道,翻过鹿头关同邓艾大军浴血拼杀。将士们埋腿而战,视死如归,那是何等的悲壮惨烈,感天动地。后人感怀诸葛亮祖孙三代的忠烈,在绵竹市茶盘街修建"双忠祠"。拜殿塑像生动逼真,墓园高大耸峙,树木森然,令人肃穆。魏军将领邓艾大破鹿头关后,修筑平蜀台,以彰显其战功。同时将战死的将士,连同蜀兵尸首一同埋葬。与绵竹故城一河之隔的马鞍山上,宏山村的老主任赖光明指着柑橘果园旁边的一处围墙,告诉我那里周围就是万人堆,早些年天然气井场钻探时曾发现薄土下堆满了累累尸骨。深秋清凉的空气让人忘却了战争的血腥,望着山坡下绿意盎然的菜蔬红苕地,我想那些客死异乡的人,早已化干戈为玉帛,同陌生的敌人放下彼此仇恨,相拥成一抔黄土了吧;而远方思念的亲人,可曾望眼欲穿,清明时节无望地洒扫祭奠。

在旌阳民间除了诸葛瞻父子血战绵竹关,最为人们津津乐道的还有唐朝高崇文讨伐刘辟的故事。唐宪宗元和元年,西川节度副使刘辟作乱,高崇文领命讨伐。三月,刘辟兵败梓州(今三台),命人在鹿头山筑城,力阻高崇文。被击败后,刘辟又在鹿头城东面的万胜堆设置栅垒。经过激战,高崇文攻陷万胜堆,由此可俯视鹿头城全貌。八月,高崇文再次于鹿头关前击败刘辟。不久,绵水栅守将李文悦、鹿头关守将仇良辅投降。取胜鹿头关后,高崇文率军直逼成都,并擒获出逃松潘的刘辟。高崇文在万胜堆驻兵扎营时,有神龟从帐外爬到帅旗下一动不动。高崇文让军士用箩筐抬到远处山涧放生。第二天,这只乌龟又来到旗下。一连几日,都是如此。平叛结束后,高崇文认为此地吉祥神灵,于是命名为龟胜山。当朝名士郑宗经深感其奇,撰文《龟胜山道场记》,对这场战争进行了详细记述。2020年3月,在黄许镇红海村成都经济区环线高速(成都三绕)的工地上,有关专家通过现场分析,初步判定为文献记载中的龟胜山道场遗址。看到新闻后,我也曾前往实地察验。靠近绵远河东侧的山体北部已被挖开,露出了巨大的山体剖面,新鲜的浮土中还残留有少数陶瓷碎片,只是年代久远,又历经多次交通建设,过往种种已经物是人非了。

除了汉晋时期,隋唐年代这里还有许多场恶战,我不想罗列赘述,鹿头关上既镌刻了忠勇者的英名,也见证了施暴者的下场。写战争或与战争有关的小说很多,如托尔斯泰的《战争与和平》、格拉斯的《铁皮鼓》、海明威的《永别了,武器》,《三国演义》还被拍成了电视连续剧而家喻户晓。战争是残酷的,而人性的光辉却无处不在。我们处于和平年代,享受着宁静安逸的生活,但战争的火苗随时都可能死灰复燃。天下大势分分合合，战争发动者往往是个人或集团，是少数人的意愿，伤害最深的却是芸芸众生。

自古以来，人们逐水草而居，江河用汁水喂养了苍生万物，也作为护城河守卫着一方疆域的安宁，哪怕是现代高科技的俄乌战争，第聂伯河也是可以依托的天险。有河的地方就有渡口，有渡口的地方就有集市。黄许镇因汉晋时期屡遭大火焚毁和战乱破坏，逐渐从县衙治所降尊纡贵沦落乡野。隋朝以后，顺绵远河而下在大柏树古渡口重设集镇，由于屡遭水淹，遂迁至高处。绵远河发源于绵竹九顶山麓，在金堂赵镇汇入沱江流向滚滚长江，早年夏秋季节千帆竞发，舟楫繁忙。鹿头关山色秀丽，日暮时分山影在河湾中如鹿头饮水，与晚霞流光、船桅灯火交相辉映，五彩斑斓的光影旖旎如画，是德阳古八景之一的"鹿头晚照"。

黄许镇的兴盛源于清顺治至乾隆年间，为充盈四川因战乱、灾荒造成的人口锐减、百业凋零，清政府颁布政策从全国各地征集人口入川。"两湖两广"及陕西移民或沿古道推鸡公车徒步南下北上，或沿沱江、绵远河乘船逆流而行，纷纷到此歇息驻留，就地插占落业，生根发芽。清同治年，由于古渡已无法满足其大量的货物贸易，一位刘姓的罗江富绅便捐资在绵远河上修建一座石桥以利国济民，取名"利济桥"。石桥修通后，天南海北各色人等更是纷至沓来，络绎不绝。古镇上幽深曲折的青石板街巷，是挂满旗幡的木板铺面，杂货店内琳琅满目，茶馆酒肆喧哗热闹，天后宫、南华宫、陕西馆、天主堂、火神庙等九宫十八庙人潮涌动，香火袅袅。心安即是归处，他乡亦可寄故乡。

日升月落，斗转星移，富贵功名皆成空，浪花淘尽英雄，是非成败留待后人评说。苍茫大地上，唯有乡关依旧在，夕阳几度红。

致敬古榕树

真正略懂一点儿树之道是从两棵古榕树开始的,而且是最近。以前都是浮于表皮的走秀,就如年轻时妙语连珠,实则不懂情感。

因单位上浮泛的人事对于自己工作和待遇上的不适,或叫不公,而心情不好的时候,我总是要到离家不远的古榕树下走走,甚至待一个上午或整天。这两棵在风雨中待了两千多年的古榕树,从秦汉一直原地不动,从青枝绿叶至蓬勃参天,以至于到今天的苍老暮年,却依然站在这里,沐浴着人事变迁风云谲变。与它们相比,我的些许蝇头名利和历经风霜又算得了什么呢?这样一想,心情就如古榕树上雨后的亮叶样,又好了起来。第二天坐在办公室里,头上就有葳蕤的绿荫罩着,对人的厌烦又转为了真诚的微笑。

站在一个叫仙人桥的地方近望,两棵翠绿如华盖的大黄葛树仿佛天地间行走的巨人。过去农家的大杂院,现在已建了颇有民居风格的四合院,以这两棵古榕树为招牌打造成农家乐。万物皆有情,榕树粗壮的枝丫如两位老人两手相牵,紧紧依偎着立在院坝中央,每棵树都需五人合抱,夏天叶密油亮,树荫面积数亩,天然的遮阴凉棚。不过,这已是我青年时去许愿的景观,现在的黄葛树因为周围环境的变化,壮年的身子在短短几年间仿佛就苍老了,连那夏风中的浪漫叶芽似乎也姗姗来迟。这对相守相望的夫妻,过去和现在承载着多少人的夙愿,还有梦想,从那树身上挂着贴着的一条条红色许愿带,我们不难读出人世间有多少人想拥有美好生活。从中我还发现了一个秘密,这些许愿的红带,大多是对于亲人和子孙后代的祈福,很少是为自己的荣华富贵求树神保佑并赐福的。

　　黄葛树属于古榕树的一种,在佛经里称为菩提树,传说古印度王子释迦牟尼就是在一棵古榕树下悟入禅境的。两三百年的黄葛树在川西坝子有很多,都是明末清初湖广填四川时,跋山涉水远道而来的移民们在河边路旁种下的念想,但上千年的黄葛树却极为稀少罕见。仙人桥是过去德阳县八景之一,景名"仙桥宿雾"。除这里的两棵外,北向两里地的孟家学校还有一棵,校园良好的水土保持使枝叶分外繁茂。另有一棵在不远的绵河村,可惜在20世纪50年代大炼钢铁时被连根拔起当成了燃料,人们连根须也是刨光揽尽的,用来添火炼铁。这两棵树和孟家学校的那一棵皆因树下住户多,害怕砍伐时伤及农户和学生而侥幸存活。想起两千多年前,不知是人还是鸟类,用什么样的方式把树种带至这里成了参天大树,至今仍是个谜。它负荷了一方百姓的多少重托,作为精神上的支撑,谁能说不比那几亩田宽的树荫少呢。人可以缺衣少粮,饥寒交迫不能致一个人萎靡不振;唯独愿望死了,心灯灭了,再身强体壮的人都会完了。

　　十八岁是我人生的第一个分水岭。要么面朝黄土背朝天,要么考上大学过城里人的生活。在很是忐忑的时候,母亲一大早起来,叫我提上竹篼。我记得那是6月的高考之后,高大的黄葛树刚刚换了崭新的叶簇，一树的碧绿在夏风中唰唰地响，仿佛鼓着掌欢迎我和母亲的到来。整衣，端容，躬身，敬桃，献糕，上香，挂带……一片虔诚。母亲叮嘱我，想什么就对树神说，嘴上不说心里说也行，它都知道。我在树下并没敢把一个心愿说出口，对母亲更是羞于启齿，只在心里小声嘀咕：树神，即使我考不上大学，也不愿我那高中的女同学看不起我。

与神对话，哪敢用肯定或决断的口气，这是我后来想的与诸多世人在庙宇里许愿不同的地方。对威力无比的树神，人是应该保持自己的卑微和谦逊的，这也是我至今对于自然的态度。许愿后的 8 月末，对前途已经无望的我突然接到了绵阳师专的录取通知书，而与邮差一起来送通知书的居然就是我心恋已久的女同学。这是巧合，还是与母亲带我去请树神保佑成全有关呢？可我在树下并没说心里话，也没在许愿红纸上写呀！后来女同学成了我心爱的老婆，与之在枕边聊起来，她说如果冥冥中真的是树神成全了我们的话，那么，可能与你的谦逊和卑微有关。说老实话，我最喜欢的就是你身上的这点。或许树神也眷顾自卑和自谦的人吧！不然，经书上为啥说，至高者必降为卑呢？

但是，这一生中，黄葛树只成全了我这两个心愿。参加工作以后，升迁的渴望却都未遂愿，身在职场不想晋级是假话。心情不好时，我也曾由此到过仙桥宿雾的这两棵古榕树下，叩拜的端庄虔诚和供品都远远胜过了十八岁的那次。可是，大树却一次也没能如我所愿，使我不得不疑惑那一次的巧合，不得不相信，世间本无神，庸人自扰之。

乡人把这两棵树的神迹传得活灵活现是有来头的。秦汉时，这里就修了秦仲庙，庙里就有这两棵葳蕤的黄葛树。清康熙年

间,一位姓邱的落第秀才来到仙人桥,把废弃的庙宇重新修葺,改为邱仙观,并收了徒弟,人们叫他邱道人。师徒二人常不吃不喝,还天天出门为百姓看病施药;农忙时节,又帮助穷人打谷割麦。后来,邱道士师徒在鹿头山寻得一枚月宫蟾兔的红宝珠,两人分而食之,二月二十日那天在小石桥前升天成仙了。

这是仙人桥和仙桥宿雾的来历。仙人桥北邻鹿头关,东临从九顶山逶迤而下的绵远河,为古驿道铺房,每个铺房相距十华里,各设铺司四人、驿马五匹,是古时成都北上出剑门关通向中原大地的交通要道。古蜀道上的匆匆过客不计其数,黄葛树一直站在那里,朝饮晨露、暮餐晚风,以木质之躯,见证了太多的悲欢离合、苍茫世事。落暮时分,我仿佛看到一缕缕轻烟在仙人桥前后涌起,像白纱一样由淡到浓在房舍和林间飘荡,在晚风中变幻成团团白絮,行云流水般在山丘间舒卷漫涌。暮色下,树被雾困,雾被树绕,亦真亦幻,隐约缠绵。从绵远河觅食归巢的一群白鹭呱呱吟唱,在空中翩跹飞舞,围着黄葛树踟蹰不前,淹没在逐渐黯然的浓荫之中。仙人桥的雾从落暮开始凝聚,一直到翌日凌晨,才会在冉冉升起的朝霞中缓缓散去,绝非今天被广泛诟病的雾霾。在茫茫雾霭中,一条丝带般的古蜀道蜿蜒伸展,早起赶路的行人在潺潺流水声中,好像走入了梦境画卷。这也是我爱来这里的原因。

20世纪90年代,骑自行车的我曾从已是乡村机耕路的古道走过,虽说沿途历史的印痕已被湮灭,却也通畅无阻。前几日我驱车再次前往,除了连接村落之间狭窄歪斜的小路,田野间杂草荒芜已无路可寻了。人心都是向着繁华的,俗人谁会去思千年躬耕的生态好处和千百年沿袭下来的耕读人家的生活图景呢?有人说城市化是不归路,过急地抛弃田野,把良田修为工厂楼房,圈地成风使大量良田被占用、甚至被荒置是不可取的,是在糟蹋不可再生的资源。要知道,一块肥田沃土,从乱石垒中开垦、刨土、去杂芜,生地变成熟地,形成条田格田,阡陌纵横,至少要三五百年,天府平原的良田成形都在千年以上。而树,在沟边、渠边、河边、堤边、房边、庙边等,起的就是水土保持、遮阴蔽日的作用。栽下去它就迎风成长,就不用人操心了,天下哪来这等好事?对于那些上任就砍树,连老百姓的阴凉也不给一绺的地方官,人们对他们是嗤之以鼻的,并相信连这么大善的树都容不下的人,也不会被时代被社会所容留。

如河流一样,水能载舟也能覆舟。从某种角度来说,树就是人的一面镜子,树的境遇如何,实际上从它身上映现的就是一方人的境遇如何,一个人执政风貌和一方人的精神状态无疑也会通过树的情状体现出来。树的待遇都不好,人的生活也不会好到哪里去。树又是民声的反映,它承载的岂止是阴凉、避尘、减噪和树根下的水土保持啊!

古榕树的一生定然遭受过各种磨难,不管多少,它两千多年来依然挺立在这里却是奇迹。它的一次次挺立,实际上也包含了人与树相处的一次次冲突和融合,过去的细节我们无从知晓,但是庙宇通灵和道法自然却把树与人的关系刻为了不离不弃。有人说,大地震中最牢靠的就是大树,极重灾区绵竹清平矿山里的十多位矿工,在山摇地动的那一刻,就是与全国道德模范赵刚一起抱着一棵大松树幸免于难的。如果树都被摇倒了的话,那就不知道是怎样的山崩地裂了。

仙桥宿雾的黄葛树是肯定不会在大地震中被摇倒的。自然的灾害不可怕，最可怕的是人心的灾害。

躲过大地震的千年古榕树却要面对现代化城际的列车了，按照设计图纸，成德绵快铁线路恰恰要从两棵大树中间穿过。一方百姓再次与黄葛树紧紧地站在一起，不离不弃，完成了树与人的又一次挺立，相当于蚂蚁啃铁，鸡蛋碰石头。为了保护这两棵已在这里挺立了上千年的古榕树，人们奔走呼号。铁道部门也表现了他们对于地方生态和文化的尊重，并说，这是形势使然。用老百姓的话说，这两棵古榕树命好，遇上了好时代，从上至下都把绿色和生态奉为至上。于是高铁线路更改了既定的施工方案，削除了原先的笔直，在大榕树前微微拐了个弯，形成一道美丽的弧。就是这道美丽的弧，使千年古榕树保存了下来，挺立在这方水土上，现代化与古老的榕树相依相存，融洽相处，人与树为芳邻，成为佳话。

接下来的"天有不测风云"却体现出人与树的情感历程，也是我真正开始懂树之道的时候。2014年5月的一个凌晨，川西坝子雷电交加，伴着撕锦裂帛般的雷声，暴雨噼里啪啦从天而降，闪电将天地之间的夜幕不时扯开一条条蜘蛛丝一样的裂缝。一声炸雷，黄葛树上一条巨臂般的粗枝从高空坠落，狠狠砸在地上。天亮雨停之后，看到硕大的枝丫和散落凌乱的树叶，人们都纷纷摇头，有人当场高价求购断枝。祖祖辈辈在古榕树下生息的谢氏农户没有为钱所动，他请教了林木园艺师，园艺师说黄葛树有一木成林的生命奇迹，只要埋下一根枝丫，来年都有可能发芽，长出新苗。这位叫谢开富的农民掀开新砌的石板，挖出一米多深的大坑，将雷击的那截枝丫深埋，以谷草为被，天天浇水、输液，精心养护，像呵护自家的婴孩。第二年清明节后，褐黄的土里当真拱出嫩叶,夏天就长出比筷子还高的茎叶。搭眼一数,三棵呢!比千年的古榕树还多一苗,闪烁着新生命之光。

有文友对我讲,若有来生,他希望能变成一棵树,没有世俗的烦恼,只有清风吹拂,阳光雨露,小鸟歌唱。我也曾有这样的想法,但人终归要为了理想和生存一次次走向远方,忙忙碌碌经营自己的生活,直到年老体衰,病卧床榻,才被迫停下来,不过那已是生命最后的时光。可树却不一样,种子落地扎了根,就没办法选择邻居和土地,除非是被砍伐或移栽,脚下的这方土,就成了永远的家。对一棵树而言,所有的念头都是朝向天空伸展,全神贯注地向阳光靠近;不像我们,仰望头顶的星空,却害怕错失另外一片天地,患得患失,顾此失彼。于是树找到了时间的真谛,而我们却还在焦虑和浮躁中虚度时光。

当你坐上成德绵快铁经过今天的黄许镇孟家村的仙桥宿雾时,两棵异常深情相拥的古榕树如蓬的树荫就会向着列车车窗迎面驰来,那是驮着两千多年光阴故事的黄葛树,你可千万不要错过,看一眼都是前世的福分,还不要忘记向着它默默地许下一个心愿。如果我对古榕树能顺遂人愿持怀疑态度,连我那次唯一的心里悄悄话也是偶然巧合的话,接连发生的事却把我引向了神秘。确切地说,我不得不信奉先知所云:世间的一切生命都是一个整体,大音希声,大象无形,一朵花一棵草都潜藏着宇宙的秘密。

这样一想,我的心一下释然了,就觉得古榕树成全了我,遂了我的夙愿了,每一次都在天地浩浩间,以孑然而清纯之身,身体力行地告诫并昭示着我们前行的足迹,只是我们缺乏对于它的真谛破译或领悟的能力。

就为这,我得向它深深地鞠一躬,以为敬。

陈家山的皂荚树

皂荚树是川西坝子农村较为常见的植物，一般栽种在庭院或住宅旁，木质坚硬，用途广泛，深受百姓喜爱，但长了几百年的稀罕物，还是在陈家山见到的。

仲春时节，我前往德阳市旌阳区柏隆镇隆兴桥村，想用手中的笔描摹陈家山昔日盛景。行走在乡间的水泥公路上，晴朗天空蔚蓝如洗，一丝料峭的春风送来徐徐花香，沿途麦苗儿青青，油菜花金黄，整齐干净的农家小院掩映在竹林树丛之中。穿过隆兴桥清冷狭窄的场镇，便是陈家山了。说是山，其实就是平地上突兀的大土堆。土丘杂树纵横，嫩芽初上，野花烂漫斑斓，山路曲径通幽，倒也有些山的景致。陈家山与绵远河之间的坝地，桠丫的梨花如飞雪曼舞，凋零的杨桃花残红点点，忙碌的蜜蜂翘尾扇翅，蜇在花蕊上。

沿绵远河南行数十米，是一处竹林幽寂、杂树森罗的荫翳之地，一棵粗大葳蕤的皂荚树呈现眼前。高耸浓密华盖般的树冠，像一支水彩笔把画本上的天空涂上一团碧绿，显得格外醒目。

皂荚树旁边有一个残破古墙围成的小院，院墙上的泥土夯实，墙面斑驳脱落露出坯体，藤蔓爬满了墙垣。拱形青石门上刻着"迴龙古镇",镌写一副"山联隐逸斯人共仰英灵,水汇绵阳此地群归锁钥"的对联。走进院内,左侧几间白墙灰瓦的平房住着人家,正面三间敞开的瓦房有观音佛像。夹角一条前往隆兴场的通道,曾是昔日物品交易、朝庙信佛的老街,可惜已是杂草丛生、荆棘满布的荒坡。

住在院内的主人姓邱,是位个头敦实、皮肤黝黑、不善言辞的中年男子。据他介绍,西晋时期,为安置"八王之乱"流亡入蜀的阴平(今甘肃文县)民众,隆兴桥曾设置为南阴平县。回龙古镇始于清康熙年间,这里原有个香火旺盛的庙宇,因此又称红岩寺。古时候,绵远河水深势缓,舟船可以往来其间,人们把周边盛产的蔗糖、烤酒、花生等运到金堂转至成都,以及长江沿岸城市,同时运回布匹、铁器、食盐等生活用品,使得古镇水码头的石板街巷熙来攘往,饭馆茶社生意兴隆,杂货市场人头攒动,一遍繁华热闹的景象。

因地处偏僻,与绵竹、罗江、安县,还有原彰明县(今江油)的一块飞地为邻,陈家山有"一鸡鸣五县"之说。此地民风也极为彪悍,清朝至民国期间,曾多次发生土匪烧杀抢掠和抢夺地盘火并事件。最甚的一次是一个盘踞红岩寺叫蔡如松的人,与绵竹拱兴场红灯教女将谢大脚,对峙数月,两军厮杀声惊天动地,房屋庄稼尽毁,皂荚树下尸山血海。劫后余生的乡民凄惨悲凉,只能拿皂荚洗涤蓬垢,以树叶及野菜果腹,用荚果和刺入药疗伤。直到1949年后清匪反霸,人们才得以安居乐业。无论是红岩寺,还是曾经的回龙古镇,过往的兴衰成败与爱恨情仇已随历史的烟云消散,只有这老树、拱门、断墙,还依稀残留当年的痕迹。

老邱告诉我,红岩寺前原有一条河槽,每年夏秋季洪水滔天,淹没大片农田和房屋。后来,一粒种子在河边悄然长大。仿佛是得到神灵的加持,洪水遇到神树就调头转向,使古镇寺寨及百姓免遭水患。我看见,深褐色的皂荚树枝繁叶茂,需两三个人合围,像一枚定海神针、一把撑开的绿巨伞,又宛如伸向空中的一顶宝幡、一朵翡翠似飘浮的云彩。树根紧贴陡直的悬崖,奔涌的河水,没有了一路的喧闹,喘息着绕成龙形回水湾,仿佛老师面前莽撞犯错的学生。

这棵据称有三百多年的大树,像一位饱经忧患的老者,长年累月站在原地,朝着天空孤独地生长,默默承受风霜雪雨无情地剥蚀,与萋萋荒草、荆棘藤萝为伴,领略了日月星辰的轮回交替,品味了人世间的温凉冷暖。面对天地人,它选择了无语。

对于皂荚树,我的情感五味杂陈。小时候,由于家里穷,没有钱买肥皂、洗衣粉,母亲便去有树的邻居家讨要些皂荚,开水蒸煮后,把换洗的衣物与皂荚水浸泡,在门前小河边用手揉搓,用木杵拍打。即便是寒冬腊月,母亲皲裂的手指冻得像透明的红萝卜,在生产队出工前天色微明的晨曦中,仍时常能听到她"啪啪"的捣衣声。晾干的衣服,虽然补丁连着补丁,却有皂荚的清香和母爱的味道。有一次,我和几个要好的伙伴把捡来玩耍的皂荚刺随意丢弃在村口路边的草丛里,结果把光脚板的过路人扎伤进了医院。现在想起来都心有余悸,感到愧疚和不安。

我妻子老家也有这样的一棵树。汶川大地震后,大哥决定拆了损毁的老宅,在原地重建新居时,原来僻静的墙角处,一棵手臂粗、长满尖刺的皂荚树歪歪扭扭地赫然在目。一个不曾被注意的丑小鸭,越长越争气,歪脖子变得笔直端庄,在三米高的位置分出丫枝，长成一团葱茏绿茵的天然遮阴凉棚。只是又粗又长、又尖又硬的刺，让人敬而远之。

春天，皂荚树毛虫似的花茎上开满黄色小花，花朵在风中舞动，弹奏出优美的音乐，流过淡雅的清香；嫩绿的卵状叶儿，像刚出壳的鸭绒，柔柔的可爱。夏天，蓬勃参天的树枝上吊的、叶间藏的，全是形如镰刀的绿色皂荚，像无数个悬挂的风铃，又宛如栖息的蝙蝠、躲藏的星星。秋天，皂荚渐渐变成棕红，树叶也开始变黄凋落，仿佛风中舞蹈的蝴蝶把大地铺满金黄。冬天，树叶落尽芳华，尚未掉落的皂荚像振翅欲飞的雀鸟，墨绿的枝杈斜横，胡乱地刺向天空，面对瑟瑟寒风，聆听春天拔节的声音。

盛夏的夜晚，岳父母与邻里乡亲总喜欢拿一柄蒲扇，拖一张躺椅，在树下院坝聊一聊秧苗的长势、本家新过门的媳妇、新农合政策等各自关心的话题。清风习习，月光朦胧，有狗吠和蛐蛐的低吟声隐约缥缈，酷暑也变得凉爽起来。等到秋天熟透的皂荚啪啪落地，岳母便从地上拾捡起来用麻袋存放好。如果有人讨要，她总是有求必应，从不吝啬。妻子也常回娘家挑些个大肥厚的皂荚，敲碎后用水熬汁，洗涤我多屑稀疏的头发。温润的汁液浸湿发梢，让我想起周润发在洗发水广告中，那个温馨体贴的场景。

进了城的皂荚，也仿佛收敛了山村乡野的土气，变得时髦乖巧起来。我家住的小区单元楼前，就有这么一棵从大山深处移栽过来的皂荚树，长得清秀笔直，青葱翠绿。每天清晨，树上喜鹊、画眉的鸣叫声清脆婉转，让人觉得舒心愉悦。只是这树没有了粗粝坚硬的长刺，掉落地下的皂荚也没有泡沫，无法用来清洗东西了。

"水漾霜风冷客襟,苔封战骨动人心。河边独树知何木,今古相传皂角林。"这是宋代著名诗人杨万里写的一首名叫《皂角林》七绝诗。诗里含蓄蕴藉,文笔间透着浓浓的爱国情怀,以及借皂角林寄托的那份哀思。一花一世界,一树一菩提。山川草木,也许都蕴含着一份深情。

绵远河静静流淌,河水悠悠。站在陈家山前,我与皂荚树默默相对,体会那份宁静和淡然。新萌发的树叶,随微风轻拂,在阳光下闪着熠熠的光芒。

行走在春天的河流

豆子山,打瓦鼓。扬平山,撒白雨。下白雨,取龙女。织得绢,二丈五。一半属罗江,一半属玄武。

——《绵州巴歌》(隋朝)

一

从原始社会开始,人们就逐水草而居,逐渐聚集形成部落,再到现在的城市乡村,都与河流密不可分。我的家乡德阳市旌阳区有三条大河缓缓流过。除了被称为母亲河的绵远河,以及秦国蜀郡守李冰"导洛通山"的石亭江,还有就是凯江河。隋朝时期的《绵州巴歌》描写的就是当时凯江沿岸,"涧水打瓦鼓、飞瀑撒白雨"的盛景。

凯江源于安县,流经罗江、旌阳、中江(古称玄武),从三台汇入涪江,全长两百余公里。在流经通江钻子口前,凯江以睢水河、干河子、纹江等身份出现,仿佛只有来到这里,才长大成人,被世人接纳和认可。凯江在旌阳境内有十公里左右,虽然行程最短,却是风景美丽、人文故事丰富的一条河流,犹如养在深

闺人未识的小家碧玉。在这里，凯江走过了高山峡谷和坝地浅丘，时而江宽水阔，深不可测；时而薄如纸片，在浅滩中裸露江渚。平日里清澈见底的河水静静地流淌，像安分守己的乡野村姑，柔情依依，婉转萦回。只有夏秋暴雨时节，大河才如暴戾的恶龙，穿山破壁，气势汹汹奔涌而下，浊浪排空，混沌一片，有惊涛骇浪之势。闲暇之余，我喜欢独处凯江河谷，看天地万物来去匆匆，听蝉鸣犬吠松涛阵阵，内心就会变得平静和安宁。

仲春时节的周末，天高云淡，风和日丽，应通江乡原党委书记肖方春的邀约，我做客其凯江村老家。汽车沿着沥青油路在连绵起伏的群山中穿梭，如同一叶轻舟在急流中飘摇前行。蔚蓝的天空下，绿色的麦浪在山林中涌动，每片青翠欲滴的绿叶露珠上都有一个太阳的影子在摇晃。麦田当中，一排排桑树并排而立，树干沧桑而倔强。成片的油菜花如大地龙袍加身，顺着层层梯田依次舒展铺开，山风一来，彩色地毯上裙裾飘飘，鼻子里满是香甜的气息。黄绿相间中，一荷锄老农缓缓走来，嘴上烟锅时明时灭，偶有几只燕子从头上轻快掠过。路边几十个蜂箱整齐地摆放在空地上，帐篷前追赶花期的养蜂人，戴着头罩仔细查看着蜂巢，成群的蜜蜂进进出出，忙着赶赴与花蕊的爱恋。

抵达凯江河畔，已时刚过，农舍前有淡淡炊烟。抬眼望，山势巍峨高耸，青松翠柏嫩芽初上，梨花灿若星辰，李花飘飞如雪，三两枝桃花房前屋后粉红娇艳，油菜花像一屉屉新鲜出炉的发糕，一片春色盎然。流水悠然，波光潋滟，山与树、花与草倒映在河中，如一幅流淌的油画，颇有些"两岸青山遮不住，一江碧水向南流"的味道。

我与已过六旬花甲的肖方春相识多年，还曾一起共事，平日里我们都习惯称其为春哥。春哥圆脸微胖,黑发红颜,慈眉善目,性格开朗。端茶让座,一阵寒暄后,他就向我娓娓道来。他从小就生活在凯江河边,一直用清亮的河水洗漱浇园,这条河就像母亲的脐带,是无法割舍的精神家园,也是他年少时一年四季快乐幸福的源泉。他常与伙伴们春天放风筝,捉迷藏;夏天光着屁股下河游泳,摸蟹抓鱼;秋天上树掏鸟窝,摘食野果;冬天拾捡干柴枯枝,背回家烧火煮饭。晨曦的微风吹皱水面,泛起粼粼波光,如夜色中的繁星点点;晚归的夕阳映照在河上,霞光万道,如丝弦跳跃的河水载着光阴驶向彼岸的流年。

高中毕业返乡务农,春哥当过乡村教师、文化辅导员,后来到乡政府工作,奔波在田边沟坎,好似一个以凯江河为支点的圆规,行程始终围着河转。在激情燃烧的青葱岁月,河边树林、草坡留下了他对未来人生的困惑和逃离家园寻找自由的渴望,以及情窦初开时的温馨浪漫,执子之手、与子偕老相依相伴的身影。退休后告别城市繁华,每天头枕着河水,任时光岁月静静流逝。

"只有回到这里,心头才感觉舒服安逸,瞌睡都要香些。"春哥望着黛青色的山峦,满含深情地说。

每个人的心中都有属于自己的那条河流。我的老家也有一条莫名的小河从门前流过,虽然与凯江相比渺小、枯瘦得多,但那淙淙的河水、窄窄的土道、河边的小草、草丛中的野花、花中翩翩起舞的彩蝶,还有那岸上郁郁葱葱的油桐、桤木,树梢上的翠鸟,与哥哥一起爬树下河的脚印,都筑成了我抹不去的童年记忆。

二

　　通江，古名金锣场，寓"上通罗江，下连中江"之意，有"一脚踏三县"之说。据《中江县志·古迹志》载："金锣治北，昔人夜见河内金锣一，每年霜降，鸣锣有声，今则杳然。"20世纪70年代公路大桥建成以前，原来的金锣桥是多礅矮桥，桥面为石板及原木架设，每年夏秋季都被洪水肆虐得七零八落、满目疮痍，须待农历冬月水瘦山寒时，重修后方能使用。由于屡修屡毁，故而搭建得也极其随意。

　　在金锣石桥下方有一渡口，指望不上蹚着步过河的人们多以乘船为主。渡口有艘木制小船，常年有船工撑船载客运货。数百年间，金锣渡作为中江北部通往绵阳、德阳的边境渡口，过往客商络绎不绝，挑夫的吆喝声、鸡公车的嘎吱声与棹船的欸乃声此起彼伏。陪同我游览凯江河的春哥介绍，河岸高处过去有一棵麻柳树，树围七八尺，枝繁叶茂，绿荫撑起如盖的大氅，是行人候船乘凉观景的好去处。我不禁想到，这里可曾有过穿碎花布衣、梳粗黑长辫的痴情女子，凭栏守望？也可曾在麻柳树下执手相送泪眼，望着行将远去的情郎，挥动的手帕强捂难以割舍的眷恋。一叶木舟，划过时间的记忆，承载了多少过客的悲欢离合。那个时候，如果我坐在这条小船上顺流而下，那么将漂向何方？我又将会去往何处成为异乡人？

　　现在的渡口，已是一片农田，栽种着油菜、小麦和时令蔬菜，在通往河边坡坎下一笼翠竹旁边，有几间砖混平房。几只土黄鸡在门前悠闲散步，见有陌生人走来，便摇头晃脑叽叽咕咕，算是打过招呼。系着铁链的灰白色土狗,则龇牙咧嘴一阵狂吠,宣示主权,对擅闯者发出警告。菜地里劳作的中年妇女直起腰来,体态丰腴,扶锄而立,眯缝着眼投来探寻的目光。听见我询问金锣场的位置,便侧身朝前努了努嘴,"就在各里"。"各里"是老湖广话,"这里"的意思。

过去的金锣场有五百多米长的街道,从码头小路走上来,进入巷口门楼的左边是一座火神庙。房屋宽敞,有高大的石头圆柱和威严的石狮子,20世纪五六十年代曾被改成乡政府的办公用房。院子旁边有一座屋脊高耸、画栋雕梁的戏台,戏台前是宽阔的坝子和街道。在春哥的描述中,昔日喧闹的一幕幕场景在我眼前闪现:晴朗的逢场天,临街排满了砖石木屋的铺面,饭馆、面馆、杂货店、旅社,都是生意。刚出锅的蒜苗回锅肉、粉蒸肥肠冒着热腾腾的香气,酸萝卜坛子映着黄亮亮的太阳。露天茶馆矮桌竹椅摆满了坝子,桌子上盖碗花茶颜色浓淡不一,几十张嘴巴喝茶、说话、吧嗒叶子烟。台子上锣鼓、铙钹"哐扯、哐扯、哐求扯",敲打得铿锵有力;花旦、小生粉墨弄姿,水袖舞动,"咿咿呀呀"的折子戏唱得正欢。老远就能听到嘤嘤嗡嗡的嘈杂声,仿佛巨大的蜂群在低空中飞旋。茶馆是过往商贩、挑夫们谈生意、歇脚、摆龙门阵、冲壳子的好地方。而凯江河对岸的本地农民,也常常过来看戏喝茶,深更半夜才醉意微醺尽兴而归。月色泼洒银辉,把深蓝的山影裁成剪纸,墨黑的河水轻缓流泻,波光闪烁,迷蒙得像在梦中。茶铺酒肆的煤油灯与江边渔火交相辉映,码头船歌与戏台锣鼓应声相合,仿佛大山深处的天上人间。

春哥参加工作的时候,乡政府已经从金锣场搬到两里外的公路边了。人声鼎沸、摩肩接踵的繁华,都随烟云被风吹散,只有

零散的农房和庄稼地在阳光下静默。山崖下的残垣之中,孤独的"金锣古渡"石碑依稀残存往日的盛景。在老街岔路口,如今还保存着一处相对完整的清末民初建筑。现在的老宅主人叫洪善修,是第六代传承人。清瘦开朗的洪大爷已是耄耋之年,他十七岁开始摆摊做生意,二十三岁便在老宅坐地为商,后漂泊在外,先后当过工人、采购员,以及司务长和文书,五十岁后又回老宅自己开店,直到前些年方才闭门谢客。房屋坐东朝西,一楼一底,中间有一个放着石缸的小天井,篱笆隔离,抬梁、穿斗混合式梁架,走马转角全木结构,悬山顶,小青瓦屋面,是川西坝子常见的民居造型。屋子里,有一种静谧,从墙壁,从呼吸,从木桌上的茶壶……从老旧的竹椅里漫上来。沧海桑田,屋子里曾经装满了苦难和欢乐,现如今却已清冷破败。推开老宅后窗,河水在薄薄的雾气中水平如镜,从大山走向大山。

沿金锣场上行约六公里,春哥老家附近的双碾石桥处,过去也曾有过渡口码头。前些年我在区纪委工作的时候,曾带队结对帮扶凯江村,多次前往旧址探寻。记得一个夏天,暴雨如注,山洪泛滥,我到村上了解灾情,车过桥面,望着泥浪浊涛,感觉地动山摇,真是害怕得要命。码头在村委会附近,村委会旁边是当地人称的观音岩。原庙依山势而建,上下共三层,并有山门、凉亭等建筑,第一殿门外两侧的石柱上,有清代罗江县令杨周冕所书楹联。现仅存岩下石壁上一龛南海观音摩崖坐像,头戴高华冠,上身裸于脐下,腹部饰璎珞,下身穿裙裤,默然注视前来跪拜烧香的信徒。观音岩前,有一座三层楼阁式惜字宫,塔顶为四角攒尖顶,塔柱为祥云腾龙,塔身有人物、花卉图案。虽已残破不堪,却是人们倾诉心事、让心声通晓天庭的路径。此地濒临罗江县境，水深势缓，徘徊纠结成一湾回水，乃全区最后一处渡口码头。现在的河滩，仍然遗存有拴船的孔眼和杵痕的石头。

三

正是有了这条昼夜不息的凯江河，通江很早就留下了人类生活的足迹。从八佛、龙洞等村出土秦汉崖墓的土陶铜钱，以及沿途精美的石刻佛像、残碑遗迹和盘桓两岸的古驿道，都无声地向世人讲述久远的历史。于是当地就有了明朝末期自称"八大王"的张献忠抵抗清军、退守凯江河沿岸洗刷战马时留下的洗马滩，以及其爱妃潘独秀血染沙场，葬身于清水观山嘴处的种种传说。由此可见，尽管张献忠是一个很有争议的历史人物，但在老百姓心目中仍有较高的地位。洗马滩我是见过的，缓缓的懒坡伸向河心，凹凸的坑窝不知是否为战马踩踏过的痕迹；潘独秀的坟茔也不知所终，春哥指给我的是残阳下山林深处的阴影。

现在沿凯江河结庐而居的通江先民，祖籍多为湖广人，尹、肖、李、唐等属人口较多的姓氏。明末清初战乱，四川几成荒芜之地，清政府组织移民入川插占土地为业后，各户子孙开枝散叶，聚族而居，各形成人数不等的宗族。这些宗族以男性为主，用姓氏来表现血缘关系，按照辈分序列为联系纽带，维护宗族自身利益，并通过宗祠来管理族内事务，行使族权。现在通江境内，仍保存有大量完整的清代祖坟墓碑、族人家谱和宗族祠堂。生于斯长于斯的尹华刚与我算是文友，颇为投缘。前些年他拿出脆薄发黄的族谱让我参阅，也曾带我去尹氏家族祖坟地满足好奇。清明时分，还有幸应邀见识了尹氏家族的祭祖场景。来自四

面八方的尹氏宗亲数百人汇聚宗祠，焚香叩拜、清扫墓地、续修家谱，仪式庄严隆重，陌生的亲人找到了彼此的根脉。祖籍年已久远，湮灭在历史长河，凯江两岸成为乡愁新的寄居地。

通过对氏族源头的查访，尽管谱系不甚明晰，但我的先人仍有可能就是在清乾隆年间，携家人从湖南邵阳迁至德阳的叔侄二人中的一位。叔父邱国光在和新镇高治村落户，后举家迁往现东湖街道新沟村；侄儿邱正宋则在通江金锣桥村邱家槽沟生根发芽，让我在冥冥之中也与凯江河有了牵绊。至于为何不迁到土壤肥沃、水系发达的平坝地区，同族长辈告诉我，由于原祖籍地势低洼，常年遭受洪涝之苦，故迁来后首选便是住在高高的山丘之上。

一方水土养一方人。清晨，初升的旭日爬上山顶，在澄澈的河面上漂一叶扁舟，戴斗笠、披蓑衣的渔翁撑一枝竹篙，几只鱼凫或船头昂首歇息，或潜入水中追逐鱼群，烟雨凯江如梦境，田园渔歌绕山林，山水之乐犹如古代的隐士。河中游鱼举目可见，鳜鱼肥美，江团鲜嫩，多种鱼类是大自然对人类的馈赠。我不赘述山坡上绿色环保的花生、玉米、红苕，以及八佛沟红润剔透、酸酸甜甜的樱桃，仅是黄府堰大颗多汁、细脆化渣的李子，就足以让你回味悠长。

清康熙年间，湖南武冈人黄同升与同族的叔伯兄弟十七人，变卖家产地契，携妻带子一路风餐露宿、舟车劳顿，不远千里来到四川，先是到广汉落脚，后辗转此地开荒种粮，修房造屋。他们在凯江河边修堰、围湖，靠脚踏筒车取水，用水磨石舂粮食，此堰便称为黄府堰。历代黄氏后人不辞辛劳，成片栽植大批李子树，形成绵延几公里、数十万株的李子树林带。一代代先人渐渐老去，儿孙后辈们散落四处，只有这李子树每年依旧花开花落，春华秋实，把根埋在土里，把枝伸向天空。黄府堰的李子，果实扁圆，果色淡黄，肉质细腻，酸甜适度，曾作为贡品扬名川西。

"春国送暖百花开，迎春绽金它先来。火烧叶林红霞落，李花怒放一树白。"和风吹拂，馥郁浓香，漫山遍野的百年李子树枝干粗壮遒劲，拇指大小的李花朵朵簇簇，粉白凝脂，如霜似雪。走进满树繁花的世界，我不禁吟诵起李白的诗句。

来碗杂粮烤酒，吃着农家烧土鸡、锅边馍馍和坡坎上随手采摘的折耳根、马齿苋，围坐在黄府堰临时搭建在油菜花田间的农家乐，晌午时分，春哥唤来一帮老伙计陪我推杯换盏。老板是黄家后人，是个耿直豪爽、精干练达的小伙子。碧蓝的天空如清水洗过，遍布的李花、油菜花填满双眼，太阳暖洋洋地照在身上，空气中弥漫着浓郁的花香。酒足饭饱后慵懒地喝茶、闲聊，我已迷醉在花丛中不知归途。

四

"好个通江湾，十有九人担加班；一家大小吃野菜，逢年过节吃稀饭。"这是当地流传的一首叫《担加班》的歌谣，"担加班"是指加班加点用担子多挑东西之意。春哥告诉我，通江地处龙泉山脉深丘，土质薄脊，饥馑荐臻，再加上交通多有不便，百姓生活极其困苦。在旧社会，这里码头上吸毒、赌博、搞封建迷信盛行，袍哥大爷匪患猖獗，民不聊生，一遇天灾人祸，不少人家食不果腹，被迫行乞。年轻力壮的男子多利用渡口的商贸流通，为过往商贩做挑夫，赚取微薄的血汗钱。因为贫穷，本乡的

姑娘纷纷外嫁，山外的女子不愿进来，有很多娶不上媳妇的老光棍。

"现如今的生活就巴适得很了！"春哥话锋一转，颇有些得意和自豪。新中国成立后，为了改变家乡贫穷落后的面貌，当地人架桥铺路的同时，修筑拦河大坝，建起水力发电站，既解决了村民的生活用电和提水灌溉问题，又让湍急的河水平息了往日的喧嚣，水缓江阔，变成烟波浩渺的湖面。依托通江李花、油菜花的美景，他们推出了"李花民俗文化节"，打造美丽宜居的幸福乡村。在这里你可以陪伴着家人和朋友燃放河灯、与多情的幺妹子对唱山歌，也可以踏青骑行、烧烤露营，和大自然来一场亲密的约会。山乡人扭动舞姿哼唱起"通江嗨起来"的新时代民歌小调，用地域特色文化唤醒乡村振兴的梦想，让淳朴好客的乡民走在希望的田野上。

豆子山层林叠翠，芳草萋萋，举目远眺，连绵群山尽收眼底。在古楼寺观景平台上俯瞰大回湾，只见一条清澈、透明的大河，倏然飘落，似来自那遥远、洁白的雪峰，也似来自那白云缭绕的天空。穿过山冈与山冈之间的谷地，穿过绿树与荒草之间的空隙，迂回曲折，陡涨陡落，一路蜿蜒向东，像一条闪着金光的缎带，在金锣古渡下画出优美的半弧。也许，只有站在云端的雀鸟，才能看清这条大河的行走路线，猜测出它的真正心思和用意。对面的狮子山，不知是哪一位仙子打翻了调色板，金黄的菜花、碧绿的麦苗、苍翠的松柏、青褐的路埂、灰白的楼房……各色颜料顺着山势流淌。山色天光，尽入江水，春色连波，波上寒烟翠，山映斜阳天接水。山河画面壮美，明媚得让人心悸。大回湾现在是乡村旅游的网红打卡地，让久居城市的人们纷至沓来，品美食，观美景，住农家小院，仰望月朗星稀的夜空，重温儿时的烟火气息，体验山村的那份静谧与闲适。

凯江河水盘绕纠曲，舒缓徜徉，把沿岸一簇簇鲜花催开盛放。一江流过水悠悠，河流是洪水创造的遗迹，承载着乡土的记忆，流经的岩石皆是时间的产物，有些岩石表面，留有万古永驻的雨点，岩石下面是喁喁细语的言辞，其中一些只有它们能懂。

孝泉行

"鸡公车,圆又圆,推起婆娘赶孝泉。上九会,好热闹,一门三孝美名传。"小时候常听大人们念叨这个顺口溜。孝泉,这个千年古镇在我心里留下了极其美好的印象。

金秋的川西坝子,略显空旷的田野上麻雀盘旋轻掠,牛群在田埂上慵懒闲散,不时传来"哞哞"的鸣叫声,绿树翠竹掩映着乡村民居,空气中有桂花的淡淡幽香。从德阳沿德茂公路前行二十余公里,至孝泉镇德孝城广场。"一门三孝"的铜像闪耀在阳光下,戏台上锣鼓敲响,一群身着汉服的表演者正咿咿呀呀地唱着川戏。台下人山人海,或坐或站的乡民摇头晃脑、轻声附和着醉入戏中。演的是草台班子自编自导的川剧折子戏《安安送米》,属镇上正在举办的"孝文化周"活动剧目之一。

孝泉别名孝乡,是隶属于德阳市旌阳区的一座古镇。东汉时期,"一门三孝"的事迹就源自这里。元朝郭居敬将"姜诗孝亲,涌泉跃鲤"收入《二十四孝》一书;李志浦的《跃鲤记》传奇中,亦有"安安送米"一折。时至今日,孝泉镇仍保留着临江桥、白衣庵、姜公堰、临姑泉等历史遗迹。故事与传说虚虚实实,既增添了些许的神秘,也表达了人们的美好祈愿。

孝泉镇的地标性建筑姜孝祠，是汉顺帝为纪念姜诗一家而下诏修建的。据传姜诗事母至孝。妻庞三春每天临江取水脍鱼，为婆婆治眼疾，后因人挑唆被休逐出门，虽暂居白衣庵，以织布拾柴为生，仍不忘送鱼尽孝。其子姜安安把上学读书时生活用米积攒省出，偷偷送与母亲。拨开云雾见青天，故事的结尾是婆媳消除隔阂和误解，家里地涌清泉，泉中跃鲤，一家人又和和美美地生活在了一起。"一门三孝"就是这样的一个故事，"孝泉"的地名也由此而来。饮江水、食鲜鱼是否能治眼病，我不得而知。在今天看来，这个婆婆未免有些不近人情，而且整个故事也不符合女权主义的"政治正确"，但是其中包含的亲情元素与举家和睦的愿景，在千百年后的今天依旧有打动人心的力量。

姜孝祠原址在孝泉师范学校内，占地数百亩，依姜家老宅而建，有孝子牌坊、山门、正殿、启圣殿和左右厢房。遥想当年，那时古树参天，松涛阵阵，香火不绝，来往熙攘，逢重要节日和盛大集会更是人声鼎沸、车水马龙。可惜眼前在现代气派的楼群间，只有红柱灰瓦的正殿，大门紧闭，孤单空荡地站立着，其余建筑早在"文革"期间已被毁坏。透过木格玻璃窗可以看到，殿内摆放着零星的教辅教材，殿前侧是传说中"庞氏还家之日，舍侧忽有泉涌，味如江水，日跃双鲤"的跃鲤泉，如今也修淘为井，成为全校师生饮用的水源了。

如今的姜孝祠在德孝城内的姜公坟旧址处，是20世纪90年代当地政府按原址旧貌移植所建。德孝城大门为三道山门，上竖"圣旨姜孝祠"，下题"跃鲤名区"几个金色大字，在秋日暖阳下显得高大威严、气势雄伟。上方正中为一铁质金顶，两侧有藻角朝宗，脊下有飞檐，檐下有斗拱，状如蜂窝，四周浮雕环绕。拱门相互对称，副墙上图案精美，左为龙，右为凤。大门正联为"赤眉滔天，曾教万马衔枚去；清泉涌地，犹想双鲤献瑞来。"连揭竿而起的赤眉军路过此地，都要衔枚缚马口绕行而过，不准惊动大孝的清净，当时的崇孝敬孝之风可见一斑。山门全由青石重建，庄重古朴，虽然少了些沧桑之感，不免让人有些遗憾，但是做工还算讲究，显得协调自然，依然能展示昔日的辉煌。

过山门前行几米有一拜厅，为首事（主持祭拜者）及散香人小憩场所。再进为拱形九磴桥，下为泮池，四周有雕花石栏，供人放生所用。前为宝顶琉璃、雕花木窗，书有"三孝流芳第一祠"的正殿，姜诗夫妻二人披着红袍端坐其中，面相和善地俯视众生。人们扶老携子慕名而来，以虔诚的焚香叩拜礼仪，祈求家庭和睦、老人长寿、子女孝顺。在他们的心目中，姜诗夫妇俨然已成为济世解困、教化后人而福佑一方的神仙菩萨。正殿左右两侧是根据"一门三孝"和"二十四孝"故事塑造的泥像群。后殿为先代殿，有姜诗父母塑像，以及中国百家姓氏的家风家训。殿前香烛烟火缭绕，桂花树、黄葛树葱茏翠绿，孝泉井、孝子亭飞檐翘角，庄严肃穆，静谧神圣。

与姜孝祠古墙相隔的便是建于东汉时期的姜公坟。院内垒有"品"字形四座坟堆，居后最大的是姜诗父母合葬墓，前面是姜诗一家三口的衣冠坟一字排开，坟墓条石筑底，浑圆干净，草色青青。坟的周围有回形长廊，人们在廊内喝茶打牌、聊天休憩，毫不避讳，仿佛忧虑先人寂寞冷清，故相约前往，如陪家人亲热相伴，一切显得平和自然，让人感受不到阴森恐惧之气息。千百年来，姜诗一家的孝道已经在孝泉人的心中生根发芽，潜移默化地成为日常生活中的一部分。姜公坟既是历史事迹的见证，也是传承延续敬老爱老风尚的体现和精神上的图腾。坟前有三口心形泉井，井下相通，泉水清澈见底，鲤鱼、乌龟自由游弋。井沿四周树荫浓密，鸟鸣啁啾。

孝泉以孝闻名，以泉为魂。汩汩流淌的泉水星罗棋布，清洁透彻，如玉盘盛珠串串晶莹，泉眼托起潭底的白沙在鹅卵石上忽聚忽散，无数的游鱼摇尾相戏，湛蓝的天空倒映在水里，仿佛是一幅流动的水墨画，色彩纷呈。微风摆柳，鱼群晃动，惊起一片涟漪。那粼粼的波光分明是孩子们荡漾欢喜的笑颜，香甜甜的，不忍心拒绝那份天真快乐；又好似老者额头一道道扩散的皱纹，絮絮叨叨地述说着往事的沧海桑田。古镇的德孝文化仿佛被一个个泉眼汇聚成河流，带着许多琐碎的凡尘之事，缓缓流过，平静而舒缓。

孝泉的历史悠久，早在秦汉时期便已有村落集市，明朝万历年间更成为商家云集、烟火千家的繁华集镇，现在仍然可以看到古色古香的明清时期街市和印迹斑驳的建筑。上九会、打清醮、城隍出巡、放河灯等民风民俗独具魅力，宋代孝街遗址、元代舍利宝塔、清代藏经楼，以及延祚寺、清真寺和纪念武圣人关羽的武圣宫等九宫十八庙古朴清幽，就像一个优雅的老妇，虽经岁月磨痕，洗尽铅华，却处处仍散发着成熟的风韵。

夕阳西下，五彩的云霞染红天际，幽深的小巷青砖黛瓦，小桥流水，树影婆娑，客栈酒肆的旌旗高挑，泛青的石板路光亮平直，人们闲庭信步，怡然自得。漫步在孝泉古镇，像阅读一本厚重的历史长卷，感受到的是千年中华文明德孝之魂；又像品茗一杯浓酽的新茶，让人清新，令人回味。她的每一条街道、每一栋建筑、每一眼清泉，甚至脚下踩着的每一块土地，似乎都有可能蕴藏着一段尘封的记忆……

龙护舍利塔铜铃声清脆悠扬,裹汁牛肉麻辣味和江氏麻饼葱油香味在空中飘荡,我仿佛回到了遥远的两千多年前,目送姜诗一家人依偎着缓缓走向苍茫的暮色。

候鸟栖息在重装之城

四川德阳,别称旌城,已有上千年历史,源于国家的三线建设,这里又被称为"重装之城"。

旌城的来历与道教仙人许逊有关。相传西晋太康初年,许逊举孝廉任旌阳县令期间,因其救困济贫、驱瘟祛疫而有德于民,朝廷诏改旌阳为德阳县。20世纪60年代,德阳以地理交通、资源环境等优势,作为国家三线建设的重点区域,建成了中国二重、东方电机等国家、省属大中型企业和工程职业技术学校等职业院校近二十个,推动德阳从中华人民共和国成立初的农业小县城向新型重工业城市转型。

我是土生土长的德阳人,从小生活在德阳城北老火车站外的农村,那时候进出县城都要翻过宝成铁路的铁轨,从东方电机厂(简称东电)的厂区与生活区之间的大马路走过。记忆中的柏油路两边是枝繁叶茂的梧桐树,如巨龙横卧的厂房和排成行的红墙灰瓦的住宿楼分列左右,背着压缩液化气囊的公共汽车爬虫般从火车站缓慢驶向县城的各个角落。火车站旁边有个灯光球场,是东电职工们打篮球、看电影的场所。我和小伙伴们有时会把下河摸到的鱼虾、螃蟹卖给馋嘴的工人叔叔,然后早早地坐在球场坝子,耐心等待当时极为稀罕的坝坝电影。二重厂在城南,与东电相比要远一些,只是在县城读高中时偶尔想方设法躲过门卫,混进厂区大澡堂子,舒舒服服泡上一次热水澡。那时候,我们与大厂子弟是两个不同世界的人,他们从读书到就医、就业,都生活在自己的小圈子里,很少与当地人交往。他们说着流利的普通话,吃着国家供应粮,穿着蓝精灵样式的工作服,男的高大帅气,女的时髦漂亮,对于这些来自东北、上海等地的城里人,我们只有羡慕的份。如果谁家孩子考上技工校,或进厂务工,那都是一件值得炫耀的喜事。有人为了在相亲时给女方留下好印象,特意穿上从厂里找人借来的工作服,期许提高获得爱情的成功率。

  1958年10月,时任中共中央总书记的邓小平同志到德阳视察,明确已历经两次工业区建设的德阳的未来发展方向,是成为全国最大的机械工业之母——工业"母机"的基地。1983年,德阳撤县建地级市后,过去只有东西南北四条街的县城以肉眼可见的速度拓展生长。老旧破陋的棚户区被雨后春笋般的高楼大厦替换,逼仄坑洼的道路变得平直敞亮,昔日冷清的街市变得繁华热闹,商店林立,人来人往。作为沱江的正源,绵远河从九顶山穿峡谷越山川,由北向南滋养着这个城市。被打造成市民休闲娱乐的旌湖,在湖边填坝筑坎建起被誉为"东方艺术瑰宝"的大型石雕群,陆续建造彩虹桥等十余座如串缀的项链横跨东西两岸的大桥,以及各种工业题材的主题公园和广场。汶川大地震后,损毁严重的东方汽轮机厂从绵竹汉旺迁址到德阳市区,又新建了东方风电和东方锅炉的部分厂区。

  在乡镇工作十五载后,我调进城里,在旌湖边买了房,和妻儿父母住在一起，实现了多年的夙愿。如今我已是知天命之年，见证了城市的发展与崛起，但这些重装企业对我来说仍蒙着一层面纱。2021年3月，我参加了"礼赞德阳 走进德阳"四川散文名家德阳工业题材采风活动，再次走进中国二重等企业。清晨，大巴士从天韵酒店出发，穿过开阔整洁的城市干道，跨越波光潋滟的旌湖河岸，在明媚的春光下，欣赏着满目绿意。车很快驶入花园似的工厂。在二重铸锻分厂车间乘电梯而上，四十多米高的庞然大物耸立在我们眼前，像电影《变形金刚》中的擎天柱一般，发出摄人心魄的寒光。这是由二重自主设计、制造、安装以及使用的八万吨模锻压机，也是当今世界上最大、最先进的大型模锻压机。人们常用"坚硬如铁""百炼成钢"来形容钢铁的强硬程度，可是对于这个大块头来说，钢铁就如同揉面团，可以随意揉搓成想要的模样。一件件高性能重要器件在这里锤炼成才，助力实现中华民族伟大复兴的中国梦。走进东电厂大门，巨大的电机转轮模型映入眼帘，雪亮的叶片密织整齐，如振翅欲飞的鸟翼。在东电印迹展览馆，我感动于早期三线建设者们放弃大城市的优渥生活，满腔热血来到川西北小城，风餐露宿，肩挑背扛，用青春和汗水，助力中国工业从无到有、由弱到强的艰辛历程。

从二重到东电、东汽，我们看到一栋栋厂房高大壮观，气势雄伟；一台台精密数控机床绿眼闪烁，或立或卧，严谨有序地忙碌着；无人操作的机械手臂左右腾挪，灵巧自如，游刃有余；起吊行车空中漫步，一坨坨粗大笨重的铁疙瘩老老实实地被呼来唤去，举重若轻，如同在玩老鹰抓小鸡的游戏。谁能想象，西南地区边陲的小地方，在我国机械制造工业现代化建设中，竟有着举足轻重的地位。

德阳现在已是中国重大装备制造基地和全国三大动力设备制造基地之一，生产了全国45%以上的大型轧钢设备，发电设备产量位居全球第一，每年的世界清洁能源大会都将在金锣湾文德湖会展中心如期举行。这其中既有本地人的艰辛努力，更多的是三线建设开始后，来自全国各地的工程技术人员和大中型企业，带来了资金、技术、项目和新的理念，就像一条干涸停滞的小溪，源源不断的水流，汇成滔滔江河。三线建设者的后代们也渐渐与当地人相亲相爱，融为一体，把德阳当成自己的家乡。

时光悠然，大浪淘沙，三线建设距今已有半个多世纪。随着改革开放和市场经济的风起云涌，各种新经济组织不断发展壮大，一些国有企业或兼并重组，或淘汰破产，但历史永远铭记着他们苦难与光辉的岁月。在四川金鑫股份有限公司厂区，我看到从20世纪50年代典型俄罗斯风格的红砖墙，到90年代的水泥钢构。一座座恢宏的建筑，就是一座座立体的工厂建筑档案；车间的各种机床设备，就是一个鲜活的工业历史博物馆。

这座重工业之城的工业发展成就令我自豪，这里发生的生态巨变更让我惊叹。

过去，绵远河上游的化工厂、造纸厂、酒精厂等肆意排放污水，再加上养殖户无序养殖，旌湖水一度变得浑浊不堪，禽鸟、鱼虾难觅踪迹，刺鼻的气味让过往行人掩鼻皱眉。随着绿色低碳发展的深入推进，德阳着力培育清洁技术与新能源装备制造业，下大力气开展工业企业重点污染源整治专项行动，关停了污染严重的"五小企业"，让蓝天白云、绿水青山重回人们身边。

近年来，"绿色"成为德阳的一抹亮色。数据显示，2022年，德阳地表水环境质量总体良好，空气环境质量优良天数306天。

德阳良好的生态环境吸引迁徙的候鸟在此停留和补给，这些候鸟已成为德阳的一张城市名片。每年立冬到第二年春分，红喉潜鸟、红嘴鸥、青头潜鸭等候鸟，从中国西北、东北及西伯利亚等地不远万里飞抵旌湖过冬。这些精灵在此或游弋戏水，或凌空展翅，悠然自在，吸引了全国各地的观鸟爱好者前来观鸟摄影。众多候鸟栖息在这座重工业之城，构成了一道人与自然和谐共处的亮丽风景。夜幕降临，旌湖两岸彩灯闪烁火树银花，鸟岛上呢喃柔啭，人们在花红柳绿中健身散步，轻歌曼舞，享受闲适安逸的生活。德阳不仅是重装之城，也是国家森林城市、生态宜居之地。

　　闲暇之余，我时常流连在德阳的山水之间，在"沉睡数千年，一醒惊天下"的三星堆遗址和金牛古道感慨古蜀历史的沧桑，在西南地区最大的德阳文庙和古代二十四孝之一"涌泉跃鲤"故事的大孝故里触摸传统文化的脉络，在钟鼓楼和东湖山森林公园品味市井烟火的气息。如果有朋友远道而来，我会请他品一盅剑南烧春的香醇浓郁，煮一碗中江挂面的柔滑温润，尝一口鸡翅干锅的麻辣鲜香，在醉意朦胧中忘记回家的路。

　　青山下，楼宇中，碧波荡漾的旌湖水舒缓轻淌，仿佛一条灵动飘逸的腰带系在城市的腰间，沿途洒下的欢声笑语，尽是幸福与美好。

远去的桨声

"摇亭碑动金铃响,汉州沱水照连山。"这是清末《成都通览》所录歌谣《西蜀景》里的句子,说的是杜甫当年在广汉房湖拜见州官房琯所见的两处景观,可见当时的沱江水就绕雒城边流过。

中秋节的一个午后,想一睹滚滚东逝水的浩荡,触摸古镇今昔的繁华与沧桑,我驱车从绵远河顺流而下。沿途的石亭江、鸭子河、青白江、毗河,以沱江的名义在金堂赵镇融为一体,成为长江重要的支流。行至"三江汇于一河、千里沱江始于足下"的淮口,江阔水宽,气势磅礴,满满的河水像一条翡翠色的巨龙游走在崇山峻岭,清凌凌的波光在清风吹拂下微微荡漾。

五凤溪是成都的山地古镇,三面临山,一面临水,"半边江山,半边城"。其得名源于雄踞沱江边的王爷庙为凤头,金凤、白凤等以凤为名的五条街道如凤躯、凤翅、凤尾般布局有致,再加上四周的五座山岗郁郁葱葱,翘首企天,酷似展翅冲霄之凤。因黄水河穿镇而过,汇流于在此折身向东的沱江,又紧邻简阳,故当地人称"边城"。

抵达古镇已是日薄西山,暮色沉沉,如织的人流渐渐散去。

从大红灯笼垂挂的山门进入，有两三亩的池塘出现在眼前，绿水倒映青山，波澜不兴。溪水顺山涧轻缓流淌，杨柳依依，藤蔓滋长，草色葱茏，嫩黄的野菊花楚楚动人，给满眼的绿增添了一丝亮色，有雀鸟鸣翠掠过，我行走在碎石栈道上，仿佛跨进了人间仙境。山涧水流向黄水河，河道水枯石瘦，几叶扁舟静卧河床，好像垂暮之年的老者。

也许是秋天的缘故，夜色来得很快，像游来的一群深海鱼，乌压压的，不动声色。被墨水过滤了一般油亮乌黑且迷离而温暖的灯光依次点亮。过尚义廊桥拾级而上，依山面水、长约一里路的半边街曲径通幽，茅檐低下的饭店酒肆、茶楼客栈居街邻排，旌旗招展形色各异，客家酱园、藤椒麻鸭、糖油果子飘来阵阵香气，勾引人的鼻腔和味蕾。我信步走进一家店铺，听溪水潺潺，观临窗叠翠，大快朵颐。夜色浓密，酒足饭饱后迈入逼仄的街巷，行人稀疏，树影婆娑，天空飘洒的微雨，把麻石板和绿树叶洗得发亮，街两边的山峰被裁成深蓝色的剪影，明灭的灯火影影绰绰。踏上吊脚木楼，在一片寂静之中酣然入梦。

"五凤溪一张帆，要装成都半城盐；五凤溪一摇桨，要装成都半城糖。"五凤溪在汉唐年代就已成为沱江上游重要的水码头，高峰时每天有上百艘船只运载粮食、盐糖等物资往返于重庆、宜宾、泸州各地，挑夫们翻山越岭往返相距五十公里的成都。遥想旧日里大江之上桅樯林立，船号渔歌此起彼伏，街旁小溪涓涓清幽，青瓦屋舍鳞次栉比，古刹钟磬佛音绕梁。夜幕降临，船工苦力、贩夫走卒，在半边街蜂拥而至，穿梭其中。有的卸下白天的疲惫，走进酒馆，要一碟小菜，来一碗米酒，伴随月光品味人生；有的纵情山水，窜入烟馆、戏楼，苦中作乐于勾栏瓦舍间。

岸上喧闹吵嚷，吆喝声、行酒令声、锣鼓声此起彼伏；江中渔火点点，仿佛天上跌落凡间的星辰，那该是怎样的市井烟火气息。

由于明清时期的战乱、瘟疫、灾荒，四川人口急剧减少，清康熙年间组织了大规模移民，来自两湖、两广及陕西、福建、江西等地外来人口乘船沿江迁徙，在此地耕田造屋、置地经商，繁衍生息，乐享恬静与闲适。古镇山水相依，布局精巧，榕树葳蕤，庭院深深，楼阁台榭的广东会馆南华宫、陕西会馆关圣宫、江西会馆万寿宫等清代建筑，以及香火绵绵、紫烟缭绕的观音堂，散发着浓浓的古韵。

一次文友聚会，我有幸认识了来自《五凤溪报》的编辑李刚明先生。年龄稍长的李先生戴着玻璃瓶底般厚厚的眼镜，清瘦高个，像穿着衣服行走的竹竿，早年曾外出当兵，在五凤溪已生活了多年。对于当地的码头文化，他如数家珍，并头扎白帕，即兴为我们表演了船工们拉纤投水时为统一节奏的沱江号子："哟嚯、哟嚯，嘿嗦、嘿嗦……"高亢激越而又婉转悠扬的呼号声空谷回荡，把我们带回旧时纤夫们的生活。他们仿佛正背拉缰绳，屈膝弓腰地在激流险滩逆水行舟中一瘸一拐，脚蹬手爬，匍匐于江岸卵石和山坡上。

据《水经注》载，古蜀王朝水流不畅，内涝严重，百姓深受其苦。望帝杜宇命楚人鳖灵，凿开金堂炮台山与云顶山之间的巫峡。从此以后，沱江水去陆出，成都平原变成了水旱从人、沃野千里的天府之国。鳖灵治水有功，杜宇将国禅让于其，号曰开明。古人工具原始，无铁器利刃，要凿山开河，那是何等艰辛。《华阳国志》中介绍，蜀人常采用积薪烧山，而后骤然用大水灌之，利用膨胀骤变，以摧毁崖石障碍。相传现在两座山腰岩石上，还各留有一个开明帝硕大的脚印。

　　同为沱江边的古镇，我不禁联想到了湖南湘西的凤凰古城。凤凰城也是因背依青山酷似一只展翅高飞的凤凰而得名。那里山岭连绵，林深木茂，有众多的庙祠馆阁，吊脚楼风情万种，石板街古韵悠长，风雨廊桥彩虹落霞，与著名作家沈从文小说中的茶峒、船家少女翠翠与爷爷摆渡的湘西风情极其相似。而被誉为"东方黑格尔之父"的哲学家贺麟就出生在五凤溪陈家沟杨柳溪畔，他是问鼎中国当代"新儒学"的"新心学"派代表人物。同为母亲河，绕城而过的苗寨沱江是武水的支流，最终汇入了沅江。

　　有人说，五凤溪是"锦城下江小通衢，蜀中沱水大码头"。没有沱江水运，就没有五凤溪镇，古镇因码头而生而旺。然而，现在的蜀道"天堑变通途"，水陆空四通八达，大都市成都更不需要几十公里外的人挑船载，五凤溪注定要因码头衰败而没落，码头文化也只能留在人们的记忆里了。

　　沱江在泸州汇入长江，如一个人从山洼走向了世界。站在"汉州沱水照连山"的淮口岸边，望着蜿蜒浩渺的滔滔江水，我仿佛看见一艘木船从远处逆水而来，听到了用力划船的桨声，以及纤夫们精疲力竭的号子。一个身影瘦小的女子，手提饭钵在王爷庙滩头举目眺望，站成了一尊望夫石。古镇上空有凤凰在飞，鸣声锵锵，似乎有些声嘶力竭。

三苏祠里访"三苏"

"心似已灰之木,身如不系之舟。问汝平生功业,黄州惠州儋州。"这首名为《自题金山画像》的诗,是 1101 年苏轼在润州(今江苏镇江)游金山龙游寺时所作。两个月后,苏轼在宋徽宗大赦天下之时,病逝于常州。这首绝命诗,他用自嘲的口吻,抒写平生到处漂泊,功业只是连连遭贬。可以说这首诗是苏轼在最后的时光里,对于自己的一生最贴切也是最为真实的诠释,让人不禁泪目唏嘘。

苏轼,字子瞻,号东坡居士,四川眉山人。苏轼在文、诗、词三个方面都达到了艺术巅峰,堪称宋代文学最高成就。而且苏轼在书法、绘画等领域内的成就也很突出,对医药、烹饪、水利等都有所贡献,堪称"千古一人,罕见其匹"。我们现在口感好、色香味俱佳的"东坡肉"等系列菜肴,就是苏轼在日常生活中烹饪发明的。苏轼生性放达、为人率真、幽默机智、守正不阿,有浩然之气,深受后人喜爱。苏轼就像是一个文化符号,更是文化象征,似乎只有提起他,这个俗世才有了文化的分量和文化的底气。

2022 年 8 月,我参加区政协组织的一个文化交流活动,有幸来到眉山市东坡故里，近距离触摸这位艺术巨匠曾经生活过的印迹。

在岷江河畔眉山市中心城区纱縠行南街，有一处红墙环绕的庭院，这里是苏洵及其妻程夫人，以及儿子苏轼、苏辙的故居。从南大门挡眼走进祠内，首先映入眼帘的是两棵高大笔直且已有数百年的银杏树；右侧围墙处，一棵上千年的黄葛树树干皴裂遒劲，枝叶茂盛葱绿。大门上，清代宰相张鹏翮书写的楹联"一门父子三词客，千古文章四大家"，高度评价了三苏父子文学成就及其在文学历史上的地位。前厅、殿堂等构成三进四合院，典型的清代四川古建筑群，堂廊相接，古木扶疏，绿水萦绕，荷池相通，堂馆亭榭掩映在翠竹浓荫之中。这里有苏洵等十余人的塑像，还供奉有眉山苏氏始祖苏味道画像和历代先祖位，有木假山堂、古井、洗砚池、荔枝树等苏家遗迹，以及三苏父子大量手迹和印拓的诗文字画。披风榭处的溪畔石上，著名雕塑家赵树同创作的苏轼石像斜倚散坐，头戴学士帽，脸大额高，胸前长髯自然飘逸，神情悠远而略带沉思。

纵观苏轼几十年的人生，几起几落，风风雨雨，失意坎坷，一生入狱一次，多次被贬。一贬再贬，一次比一次远，真可谓是倒霉的一生。

当初，他与弟弟苏辙一同进士及第时，东坡才二十一岁，可说是少年得志、春风得意；又得欧阳修等名人赏识，一时间名声大噪，可以说风光无限。

然而，正当他意欲大展宏图之时，一个噩耗从故乡传来——苏母程夫人去世，他只得回乡守孝。期满才回到京城。也是命运多舛，刚做了几年官，其父苏洵也故去，又回乡守孝三年。待重回到京城,形势已发生了变化,王安石新党当政,以前的恩师欧阳修和相交的朋友都受到了排挤。

当时的形势对苏东坡相当不利。他如果"识时务"也许成了"俊杰",可原本就任性豪侠的东坡,心中对这一切很是不平。王安石推行新法,他看到了新法的弊端,接连上书神宗,反对变法方案,搞得王安石很是愤怒,并就此遭到王安石一派的排挤。无奈,只好自请外放为官。他如触到霉头一般,从此开始了一路坎坷的人生旅途。

1079年,四十三岁的苏轼被调为湖州知州。上任后,他即给神宗写了一封《湖州谢上表》,这本是例行公事,但苏轼是诗人,笔端常带感情,即使官样文章,也忘不了加上个人色彩,说自己"愚不适时,难以追陪新进","老不生事或能牧养小民"。这些话被新党利用,他们从苏轼的大量诗作中挑出他们认为隐含讥讽之意的句子。一时间,朝廷内一片倒苏之声。七月二十八日,上任才三个月的苏轼被御史台的吏卒逮捕,解往京师,受牵连者达数十人。这就是北宋著名的"乌台诗案"(乌台,即御史台,因其上植柏树,终年栖息乌鸦,所以后世一直将御史台称为乌台)。

历时百余日的狱中生活,终于告一段落,苏东坡得以重见天日。

"乌台诗案"总算了结,惊魂未定的苏东坡黯然离京,踏上了远谪黄州之路。初到黄州时,苏轼的内心是抑郁、迷茫的。虽然郁闷,却没有被打击得一蹶不振。他脱去了文人的长袍方巾,穿上了芒鞋短褐,筑水坝,建鱼池,请教老农,喂养牲口,让苏轼变成了苏东坡。

说来,命运也是一大讽刺,苏东坡正要定下心来快快乐乐隐居，过"淡而有味"的生活时，元祐元年神宗一死，太后就让保守派的司马光复位。短短几个月，苏轼从仕途的最低谷——一位贬谪黄州的罪官、一位躬耕南亩的农夫，一跃擢升为三品大员，官袍由绿换绯，由绯改紫，并成为新的权力机构的重要角色，迎来了人生中最为辉煌的时刻，真可谓如梦如幻。

然而，不合时宜的苏轼，入京以后，发现实施了十几年的新政，有一部分已经有相当的成果，然司马光上台后，却不分青红皂白地完全废止，他有点不以为然。他认为新政中的"免役法"尤其出色，功在当代，利在千秋，力劝司马光采用，而司马光坚决不肯。这样一来，保守派的人便说他是王安石的新法派了。可是新法派的也并不把他当作自己人，所以东坡便成为夹缝里的人物，两面都不讨好。他在新法、旧法中终处于"姥姥不疼舅舅不爱"的境地，被再次外放。

苏轼的一生，都在新法、旧法中浮沉，与当时位高权重的权贵相悖而行，因而屡屡遭小人陷害。

1094年，年过半百的苏轼因诽谤朝廷的罪名被放逐惠州。南迁时，原来他以为粤东的惠州是蛮荒瘴疠之地，谁知竟出乎他的意料，惠州原来山川风物，美不胜收。一向乐天派的苏轼，抵达惠州后不几天，便发出"海山葱昽气佳哉"的赞叹，在惠州三年间写下了不少赞美惠州山川景物的佳作，最著名的当然是"日啖荔枝三百颗，不辞长作岭南人"，可见他是十分眷恋和热爱惠州的。在惠州他写了一首《纵笔》诗："白头萧散满霜风，小阁藤床寄病容。报道先生春睡美，道士轻打五更钟。"描写自己在春风中酣美的睡眠。当朝宰辅章惇看到这几句诗说："原来苏东坡过得这么舒服！"于是颁发了新的贬谪令。

在苏东坡曲折的被贬经历中，最后一站是今天的海南省儋州市。贬谪海南，苏轼心里明白，放逐海南是仅比满门抄斩罪轻一等的处罚，他做了最坏的打算，甚至做好了死的准备。他让所有的家人留在惠州，只带小儿子苏过前往。

这年七月，苏轼抵达儋州。生活之艰难困苦，更是超过黄州、惠州。初到时，暂租一公房安身，可是公房年久失修，甚至下雨时一夜要将床搬来挪去。当地官吏张中敬仰东坡已久，派人稍加修葺，可是后被当局知道，遂将东坡逐出，并追究了张中的责任，撤了他的官职。东坡只好在当地黎人的帮助下于桄榔林中自己动手搭建茅屋，并自命为"桄榔庵"。

苏轼在儋州，不仅没有魂归海南，还留下千古芳名。在海南的三年间，他向当地老百姓学习栽种、酿酒、作墨，过着自种自食的田园生活；他与各地朋友相互唱和，写下大量诗文；他传教授业，海南人士多仰慕随学，学生姜君弼"白袍端合破天荒"成为海南第一位考中举人者。苏东坡推动海南文明进程，是泽被海南的一代宗师。

不论生活给予了苏轼什么，他总是以一颗豁达的心接受，他对生活充满着热爱：你把我贬到黄州，我有酒有肉，日子赛过神仙；你把我贬到惠州，我有荔枝鲜果，度日不觉艰难；你把我贬到儋州，我教书育人，造福一方百姓。

在中国文化史上，苏轼是无可争议的巅峰，是一个令人仰慕的大文豪，是名纵千古的大才子；在生活上，他能看轻一切生命坎坷，淡然处世，将那些悲伤都活成了诗。苏轼的一生是充满矛盾、饱经忧患、丰富多彩的一生。林语堂在《苏东坡传》中这样评价苏轼：苏东坡是个禀性难改的乐天派，是悲天悯人的道德家，是黎民百姓的好朋友，是散文作家，是新派的画家，是伟大的书法家，是酿酒的实验者，是工程师，是假道学的反对派，是瑜伽术的修炼者，是佛教徒，是士大夫，是皇帝的秘书，是饮酒成瘾者，是心肠慈悲的法官，是政治上的坚持己见者，是月下的漫步者，是诗人，是生性诙谐爱开玩笑的人。

"三苏祠"因三苏父子而享誉中外。他们以其卓越的创造才能和辉煌的文学成就，同登"唐宋八大家"之列。父亲苏洵天性沉默，就其政治抱负而言，他算是抑郁终身，不过在去世之前，他想追求的文名与功名，在他两个儿子身上出现了。苏洵禀赋颖异，气质谨严，思想独立，性格古怪，自然不是易于与人相处之人。时至今日，人人都知道他在二十七岁时，方才发奋读书。人们常举这件事来鼓励年轻人，只要勤勉奋发，终会成功。当然，聪明的孩子也许会推演出相反的结论，那就是孩童时不一定要专心向学。事实上，苏洵在童年时并非没有读书学习的机会，而似乎是，苏洵个性强烈，不服管教，必又痛恨那个时代的正式教育方式。若说他童年时根本没有读书写字做文章，恐非事实。他年轻时，必然给程家有足够好的印象，不然家庭殷实的程家不会把受过良好教育的女儿嫁给他。另外，同样令人惊异的是，他那么晚了才发奋读书，而能"文名大噪"，不被才气纵横的儿子文名所掩，这就属不寻常之事。大概是他得了长子之后，自己的态度才严肃起来，追悔韶光虚度，痛自鞭策。

苏洵坚持淳朴的文风，以及与夫人程氏的良好家风，造就了两个富有文学天才的儿子。苏轼其名"轼"原意为车前扶手，取其默默无闻却扶危救困，不可或缺之意。苏辙名中"辙"是指车碾过的印痕。虽然"辙"不易致福，却也难以遭灾。苏洵希望两兄弟不管遇到什么事情，都要相互扶持。

苏辙，字子由，一字同叔，晚号颍滨遗老，嘉祐二年登进士第，初授试秘书省校书郎、商州军事推官；宋神宗时，因反对王安石变法，出为河南留守推官，此后随张方平、文彦博等人历职地方；宋哲宗即位后，入朝历官右司谏、御史中丞、尚书右丞、门下侍郎等职，哲宗亲政后，因上书谏事而被贬知汝州，连谪数处；宰相蔡京掌权时，再降朝请大夫，遂以太中大夫致仕，筑室于许州。政和二年，苏辙去世，时年七十四岁，追复端明殿学士、宣奉大夫。

苏轼苏辙两兄弟从小一起长大，求学入仕，深厚的亲情和友情持续了一生。在父母相继离世后，兄弟俩在感情上更加相依为命，虽然漂泊四方相隔天涯，却心意相通，在困境中互述款曲，用诗歌相互劝慰，守护同一个理想世界和精神家园。手足之情，是苏轼毕生歌咏的题材。想到七年没有见面的弟弟，苏轼曾在中秋节时发出了"但愿人长久，千里共婵娟"的感慨。"乌台诗案"爆发后，苏轼获罪，皇帝一怒之下准备砍了苏轼，苏辙用乌纱帽换取苏轼贬谪黄州。现代人调侃苏辙一生不是在捞哥哥，就是在捞哥哥的路上。苏轼死后葬在河南汝州（今平顶山郏县），苏辙不忍心兄长独眠他乡，嘱托妻子在他死后也葬于此地与兄做伴。兄弟二人虽然无法落叶归根，却也实现了"夜雨对床"的承诺，漂泊的心终于安顿。

在德阳市中江县广福镇的玉江河边，古时候曾经有个地名叫铜山县。铜山因辖境内多山且产铜而成为名县，自汉文帝赐邓通铜山铸钱以来，汉唐时期朝廷皆利用该地的铜矿铸钱，是当时极其重要的造币公司所在地。北宋时的铜山县也有"三苏"。他们分别是北宋四川第一个状元、参政知事苏易简，其孙书法家苏舜元和爱国诗人苏舜钦，后世称其为"铜山三苏"。现在的中江广福，还有苏易简读书台的梅坡书舍、庆祝其高中状元而建的状元桥和苏舜钦为民请命而立的苏公笔等遗址遗迹，以及苏舜钦巧对对子和汉书下酒的民间故事。"铜山三苏"比"眉山三苏"早数十年，辈分高两代，虽然祖孙三人各有所长，但平均寿命比"眉山三苏"少了二十三年，名气也不及"眉山三苏"，但其在政治、文学、书法方面的成就，仍在历史上占据重要位置。三人中，尤以北宋诗文革新运动先驱苏舜钦为甚，其与宋诗"开山祖师"梅尧臣合称"苏梅"。苏舜钦因改革失败而解职，曾在苏州购置庭院，修建"沧浪亭"。苏舜元和苏舜钦两兄弟的父亲苏耆，在文学及书法上也有很高的造诣。

用"君生我未生，我生君已老"这句唐诗来形容"铜山三苏"和"眉山三苏"的关系，再合适不过了。"铜山三苏"的领头人苏易简去世十三年后，"眉山三苏"里的领头人苏洵才出生。当"眉山三苏"里最小的苏辙出生时，铜山苏舜元已三十三岁，而苏舜钦也已三十一岁，苏舜钦九年后就永远"老"去了。苏洵和苏舜元、苏舜钦是一个时代的人，他只比苏舜元小三岁，比苏舜钦小一岁，但他比苏舜元多活了十二年，比苏舜钦多活了十八年。

"铜山三苏"和"眉山三苏"直接的交集很少，加起来三生可能就那么一回。那是宋仁宗宝元二年的事，苏洵三十岁，从他二十七岁发奋读书开始还没过多久，很快就声名鹊起。这一年，三十三岁的苏舜元从京城来到苏洵的家乡眉山做知县，第二年经开封知府吴遵路推荐被提拔为眉州通判。当时的眉州知州叫董储，他很欣赏苏洵的才华，和苏洵交往密切。苏洵对董储的尊重也影响到苏轼。当三十七年后苏轼到董储的家乡任密州知州时，他还专门到董储的墓前祭拜。推荐苏舜元的吴遵路和董储关系也不错，且都是爱才之人。基于这么一层关系，董储对苏舜元自然是十分看重，苏舜元对董储尊敬有加。爱屋及乌，一把手欣赏的苏洵自然也得到苏舜元的认可。1045年，苏洵到京师，此前一年，苏舜钦因进奏院一案被罢官，迁居江南。苏洵到京师第二年，苏舜元被任命为福建路提点刑狱。苏洵和苏舜元、苏舜钦兄弟这"三苏"不经意间就错过了。

以苏轼为代表的"眉山三苏"和以苏舜钦为代表的"铜山三苏"，他们都处于北宋由盛到衰的时代，深受儒家思想熏陶浸润，进士及第，倡导文以载道，性格刚毅，洁身自好，有着深厚的爱国为民情怀，具有强烈的使命感和责任感。

站在苏轼石像前，品味他"竹杖芒鞋轻胜马，谁怕？一蓑烟雨任平生"的旷达襟怀。我心想，正是一代又一代像苏轼一样的中国知识分子，以国家的前途命运为己任，同情民间疾苦，立身操守，光明磊落，中国历史文化才能源远流长，中华民族才能生生不息，昂首屹立在世界东方。

在海窝子探寻古蜀之源

初夏时节,我从德阳出发,前往彭州市新兴镇海窝子古镇,想要一睹瞿上故都的芳容,探寻晋人常璩在《华阳国志》中提到的古蜀先人留下的痕迹。

车过什邡,翻越葛仙山,擦身白鹿镇,沿湔江水而上,在靠近以牡丹闻名于世的丹景山风景区的公路旁,只见坝子上依山势而建的木楼相连成片,错落有致。一座新砌的大理石牌坊书有"海窝子"三个大字,"玉垒鹃啼长忆蜀风气,海窝水暖且将龙引来"的对联分立两侧,讲述着一段悠远的往事。走进老街,脚下泛青的石板路光亮平整,有汨汨溪水顺街沿流淌,水车缓缓转动细述年轮,金钗花娇艳馥郁,纵横幽深的街巷里,客栈酒肆旌旗高挑,木柱青瓦的楼阁房舍翘檐飞角,悬挂着一串串大红灯笼。当地居民或在自家木板门前向游人兜售本地特产的新鲜竹笋、鲜花饼、豆豉团等味美食材,或悠闲地在老茶馆喝茶聊天,呈现怡然自得、平和宁静之景象。龙门山群峰环抱,被湔江水玉带缠绕的老街,半个多小时就能穿透而过,初一看极其普通平淡,与川内大大小小打着古镇旗号的小镇别无二致,却不知其隐藏了几千年的秘密。

《华阳国志·蜀志》记载:"周失纪纲,蜀先称王。有蜀侯蚕

丛，其目纵，始称王……次王曰柏灌，次王曰鱼凫。鱼凫王田于湔山，忽得仙道。蜀人思之，为立祠于湔。后有王曰杜宇，教民务农……移治郫邑，或治瞿上。"

根据任乃强先生的校注，古蜀王朝最早的先王是蚕丛、柏灌、鱼凫，三代而下是杜宇、鳖灵。上古时，西南的大部分民族是居住在青藏高原的古羌族支派。距今五千年左右，他们的一支向东南迁居进入岷江河谷茂县周边，依山势而居，垒石为穴，开始渔猎生活，并拾野蚕抽丝。后人将这些人称为蜀山氏。黄帝、嫘祖为其子昌意娶蜀山氏女子昌仆，生高阳及帝颛顼后，蜀山氏就不再见称于世，而被古蜀王朝的开山鼻祖——蚕丛氏所取代。

因不堪长期征战，一部分先民从岷江进入四川盆地躲避战乱。他们来到一处有河流经过的柏树林落脚。一些人发现林间有白鹤栖息，于是自称为"柏灌氏"，并推举带头青年为首领。公元前1063年，势力渐衰的柏灌氏部落被南边兴起的鱼凫（俗称鱼老鸹，一种捕鱼的水鸟）氏部落兼并了。

到了春秋时期，王位从鱼凫家族传到了杜宇手中。因杜宇体恤百姓，教导老百姓种植庄稼，发展生产，被尊称为"望帝"。那时候蜀国经常闹水灾，拜为相的鳖灵受望帝委托，打通了巫山（金堂峡），使水患得到治理。杜宇自愿把王位禅让给鳖灵，其被称为"丛帝""开明帝"。杜宇死后化为杜鹃，春耕时节在树梢上日夜鸣叫，时刻提醒民众勿忘播种，直到嘴角啼出滴滴鲜血，于是有了李商隐《锦瑟》中"望帝春心托杜鹃"的凄美诗句。

商鞅变法后的秦国日益强大，秦惠王假托石牛粪金和绝色美女，诱使鳖灵的子孙古蜀王命五丁力士凿山开道，打通了梓潼、剑阁北上的险峻山路。公元前316年，秦伐蜀，蜀王败，为秦军所害。其傅相及太子退至逢乡（今彭州），死于白鹿山（今白鹿镇），古蜀国从此消亡。灰飞烟灭的古蜀王朝湮没在历史尘埃中，直到20世纪三星堆、金沙遗址重见天日，神秘的面纱才渐渐被揭开。

秦以前，岷江上游与成都平原交通皆取道于湔水山谷，从海窝子下行一日可达绵水（绵远河）、雒（洛）水（石亭江），上行两日过草甸翻玉垒山（九顶山）可达绵虒（属茂县）。《华阳国志》中所言"湔山"，据称起于新兴镇的阳平山。湔水，今彭州海窝子河，从九顶山太子城峰发源，出关口注入沱江。湔水两侧，山爪本相抱合，构成一山间盆地，曾潴成湖海，后穿洩成陆，故俗称"海窝子"。洩水之阙口，成短峡，左右岸相对望，谓之天彭之门，自阙下鸟瞰成都平原，有如鹰隼翔视，又称海窝子为"瞿上"。由此可知，杜宇后虽已都郫，犹不忘瞿上，盖原自瞿上来也。可以想象，旧时的海窝子是货物贸易、人来人往、热闹繁华之地。

蜀国虽沃野千里，物产富饶，号称"天府之国"，却一直饱受旱涝之苦。成都平原本为白垩纪时期内海的最后遗迹，古蜀人只能穴居在岷江河谷及高山之上。关于"四川"的由来，有两种说法。北宋真宗咸平四年，川峡路分为益州（今成都）、梓州（今三台）、利州（今广元）、夔州（今奉节）四路，合称"川峡四路"。到了南宋，"川峡四路"简称"四川路"。"四川"一词开始作为行政区域名称，这就是四川名称出现之始。还有一种说法就是"四川"的"川"字是"大河"的意思，顾名思义是四条大河流经之地。这四条大河也就是在四川境内的金沙江、雅砻江、岷江、嘉陵江。从大禹治水"三过家门而不入"，到鳖灵决巫山以除水患，再到秦蜀守李冰在岷江出山口（都江堰）壅江作棚,又导洛通山(什邡章山)洛水出瀑口。由此以后水去陆出,开耕造地,让江河水终为我所用,万亩良田得到灌溉,农牧渔猎得到发展,使成都平原非涝即旱的蜀地,变成了"水旱从人,不知饥馑,时无荒年,天下谓之'天府'也"。李冰造福一方黎民苍生,终被后人世代铭记传颂,成为人们心目中的保护神,为其建庙封王,烧香祈福,虔诚祭拜。

李白曾在《蜀道难》一文中叹曰:"蚕丛及鱼凫,开国何茫然!"其实从《山海经》《水经注》《太平御览》《汉志》,以及扬雄的《蜀王本纪》等史料中,都对古蜀王朝迁徙发展的脉络进行了大致描述,只是还不够精准罢了。

彭州我是去过几次的。20世纪90年代初,我曾与师专同学何强相约前往,跟随当地采药人,从龙门山脉银厂沟附近登金顶眺望太子城,奇峰倚天,云蒸霞蔚,高山杜鹃竞相怒放,饱览盛景,仿佛已至天庭。2018年应彭州诗人舟歌相邀,赴小鱼洞参加清明诗会,在湔江河畔雷竹笋的拔节声中,感受古羌人祭祀盛典的演绎,让我记忆深刻。

在海窝子放眼四望,狮子山峭壁生辉、雄伟壮丽,阳平观香火鼎盛、清雅幽静,楠竹林苍郁叠翠、笔直挺拔,止马坝芦苇摇曳、芬芳似海,山灵水秀,满目葱绿,处处是美景花香,令人心旷神怡,流连忘返,仿佛是群山之中豁然开朗的世外桃源。

我们姑且不论史学家们争论不休的鱼凫、杜宇建都在彭州、温江还是郫都,瞿上是在海窝子还是三星堆等学术问题。顽强勇敢的劳动人民在这片曾经荒烟蔓草之地开疆拓土,繁衍生息,以勤劳的双手和聪明才智开启了秦岭、华山之南神秘的古蜀文明,必将在中华大地上留下浓墨重彩的一笔。

Chapter 辑二

带雨斜开扁豆花

深秋时节,空旷的原野,几只麻雀轻盈飞过,像是随意抛洒在天空的点点墨汁。田埂上,几株胳膊粗细的桤木树瑟瑟发抖,枯黄的树叶在风的怂恿下翻飞着扑向大地。枯瘦嶙峋的树干下方,一丛丛的暗绿色生机盎然,卵形的叶片中,白色、紫色的扁豆花朵相对而生,像一只只扑扇翅膀的蝴蝶,月牙形的嫩荚小塔一般堆在藤茎上,好像是给裸露上身的树木套上了一件绿中透白的蓬松笼纱裙。这是我小时候农村的场景,好多年过去了,却时常在脑海中浮现,有些温馨,也有些淡淡的忧愁,故乡是回不去了。

扁豆是藤本缠绕植物,又名蛾眉豆、小刀豆,是川西坝子常见的一种蔬菜,无论土地是否贫瘠,在房前屋后、田角沟边都能开花结果,就如同我平凡的乡邻,为了生活,不叹息、不抱怨,顽强地生存。即便是在寒冬生命消逝,也是淡然地蹲在枯草败叶的道旁,傲霜凌雪。

"清明前后,种瓜点豆。"过完清明节,母亲从房梁上密密紧扎的口袋里取出去年预留的扁豆种,放在水盆里浸泡几天,利用早晚出工的间隙,领着我开始种豆。在院子的围墙边、田埂上和坡地下，母亲挖出一个个碗大的坑，我跟在后面在坑里放上两三颗种子，然后施肥填土浇水，等着豆宝宝慢慢发芽。一场淅淅沥沥的春雨过后，扁豆芽悄悄地拱出地面，戴着一顶黑褐色的"斗笠"，佝偻着腰身，用一个个问号好奇地打量陌生的世界。再过上一段时间，扁豆像换了一个人似的，猛地甩掉"斗笠"，伸伸懒腰、打打哈欠，举起胖乎乎的小手，像是威武勇猛的金刚葫芦娃。

从这以后，扁豆抽叶吐须，一天一个样，纤细的蔓须或紧紧抓住围墙边捆绑的人字架竹条，或牢牢地缠绕麻柳、楸树，一节节、一圈圈地往上爬，柔软而坚韧的藤蔓在枝条间上穿下绕，碧绿丛中婆娑一片。整个夏天，我们不是跳进河里游泳、抓鱼，就是躲在荫翳的藤蔓下乘凉休憩，看阳光点点，听鸡鸣狗吠，很是惬意。

秋风乍起时，酝酿了一个夏天的扁豆花抖擞精神粉妆登场。纯白、淡紫蝶形的扁豆花开满林盘沟坡，在日渐老去的树叶下仰起少女般娇嫩的笑脸，引来蝴蝶翩跹。花开花落，花落花开，花褪去，豆初成，一枚枚小弯月从花蕊中探出脑袋，扁扁地充盈长大。放学回家，我扔下书包就扛起凳子，提着竹篮寻找猎物。一篮篮饱满新鲜的豆荚，弥漫着淡淡的清香，承载着丰收的喜悦。

母亲把摘去老筋的扁豆掰成两截，用清水洗净，先在柴锅里翻炒，直到豆腥味消散，颜色发黄略带焦斑。悉数取出后，在烧红的铁锅里放上两滴菜油，搁上少许盐巴和切段的青椒，余水焖煮，几分钟后，满屋飘香。刚出锅的扁豆糯糯的、粉粉的，让我每次都忍不住狼吞虎咽。把扁豆切成丝，添加些葱姜蒜末爆炒，那也是香脆爽口。由于种得太多，采摘的扁豆一时吃不完，母亲

便用大锅煮熟,摊在竹席上晒干,把它装在陶罐里,等到寒冬腊月无菜可吃时,把扁豆泡胀后加上萝卜青菜一锅烩,依旧是粉粉的糯香。

读中学后,因为离家远需要在学校住宿,临行前,母亲总是把多放了两颗油珠、偶尔还有零星肉丝的扁豆煮熟放冷,塞得盛菜的玻璃瓶满满的,然后才满意地拧紧瓶盖,那便是我一周的下饭菜。扁豆一直跟随我从乡镇初中到县城高中,仿佛是母亲柔情的目光默默地注视我,让我即便是在三九寒冬脸耳冻疮、手脚皲裂时,也能感受到阵阵暖意。

参加工作后,考虑父母年事已高,我便劝说他们卖掉老宅搬来与我同住。每到秋季,母亲时常到集市上采购些扁豆回来,烧、煮、拌、煸,生抽、老抽、豆豉、料酒,变着花样弄。迷醉在灯红酒绿的城市,觥筹交错中吃惯了饭店酒楼大鱼大肉的我,已将之视为稀松平常之物,没有了胃口。时光飞逝,转瞬间我已步入中年,年少时的轻狂与浮躁日渐平静,我常常独自用心灵与童年对话,重新迷恋扁豆的绵软醇香。母亲年已古稀,曾经的一头秀发被风霜染白,皱纹像扁豆藤须一样爬满了脸颊,手脚变得迟缓而笨拙,但做扁豆菜的功力却愈发深厚。每到周末或节庆之时,一大碗香喷喷的扁豆烧鸭,让我忘却尘世间的种种烦恼。

据《药性辨疑》记载:"扁豆,专清暑,故和中而止霍乱;极补脾,故治痢而蠲脓血,消水湿,治热泄。"扁豆营养丰富,含有大量蛋白质和碳水化合物,能健脾除湿。吃五谷生百病,这些年忙于各种交际应酬,暴食暴饮,腰围渐大,"三高"渐长,但脾胃始终完好如初,未见毛病,见资料方知原来是扁豆的功劳。

"碧水迢迢漾浅沙，几丛修竹野人家。最怜秋满疏篱外，带雨斜开扁豆花。"清代学者查学礼对扁豆花的描写，有人读出凄凉，有人读出寥落，而我却读出了欢喜。人生之秋，只要疏篱外还有扁豆花在斜风细雨中满满地开着，还有什么迈不过去的坎呢？

坝坝电影

在贫穷的 20 世纪 70 年代，乡村的夜晚是单调乏味的，夜生活实在是比粮食还稀少，而那一场场巡回播放的坝坝电影，就像留存在时间长廊里的一朵朵浪花，温暖着人的记忆。

茨威格在《昨日的世界》中曾经说过："一个人在童年耳濡目染的时代气息，已融入他的血液之中，根深蒂固。"对于我而言，关于故乡的记忆，很多亦是关于乡村坝坝电影的记忆。那个时候，土地归集体所有，农民以生产队为单位，每天在队长的口哨声中日出而作、日落而息，一年四季在土里劳作刨食，却总是解决不了最基本的温饱问题，文化生活就更加贫乏了。没有收音机，更没有电视机，除了一天早、中、晚三次有线喇叭的广播，便是队里组织开会念报纸学习政策，抓革命促生产，狠斗私心一闪念。夏天还好些，人们收工回家，在起伏的炊烟中，绯红的晚霞还映照天际，鸟雀回巢，鹅鸭归圈，一片静谧祥和之气。吃过夜饭，拿一把篾扇，提上小凳，一群人围坐在黑龙河桥头，闲聊些逸闻趣事、神话鬼怪。摆龙门阵是东拉西扯，鸡一句鸭一句，有时一晚上都不知所云。露水蚊子肆虐叮咬，绿茵茵的秧田蛙声鼓噪，丝毫不影响大家的兴致，直到月上柳梢头，繁星汇银河，才余兴未了快快地散去。冬天就难受多了，放下锄头已是暮色沉沉，窗外漆黑的夜，呼呼的北风推搡着竹林，在昏暗摇曳的煤油灯下，一个个愁眉苦脸，瑟缩着吃饭烤火，落寞无趣地上床睡觉，细捻手中紧巴巴的日子。但有坝坝电影看的夜晚，那可就精彩多了。

乡下放电影的时间没有定准，虽说每个公社都有一支电影放映队，但每个村有时候要一两个月才轮到一次。放电影的前几天，就有真真假假的消息在田间流传，让人在兴奋中又有些惴惴不安，干农活时都是一副魂不守舍的样子，好奇地相互询问打探。等到当日，大队安排人从公社用架子车拉回胶片和播放设备，广播员在中午发布通知，大家心中的一块石头才落地。下午及早收拾上田，胡乱刨上几口，就扶老携幼，扛上板凳心急火燎地直奔大队部。天刚麻麻黑，小路上已是人潮涌动，四面八方的人流在此汇聚成湖泊，叽叽喳喳的叫嚷声，忽明忽暗的电筒光，把这里弄得比集市还热闹。

我们大队有八个生产队，大队部所在地的六队保管室有一个可容纳上千人的大晒坝，平时除了翻晒队里的粮食，偶尔开个社员大会，剩余时间都虚席以待。放映员下午安排人把白色幕布悬挂在晒坝边主席台上两根固定的木杆上，架起高音喇叭，开始播放《大海航行靠舵手》等革命歌曲，仿佛是吹响集结的号令。弄好幕布，放映员在相距十多米的合适位置摆上桌子和播放机，把胶片倒回原状，有序摆放。一切收拾妥当，大队干部安排看守人员后，毕恭毕敬地好酒好肉招待，生怕怠慢了这尊大仙，在放映的关键时刻找碴生事。

得知消息的小伙伴们早就按捺不住兴奋，一个个喜笑颜开，奔走相告，呼朋唤友鬼约伴儿似的。高亢嘹亮的音乐声一响起，仿佛整个人的魂魄都已出窍,急切地催促母亲提早做饭,担心再不快点起身,就不能抢占好位置,看不到开头了。更有些人午时刚过就开始抢占地盘,谋取靠近放映机的位置。当然视角最佳的地方已被大队干部提前预订,酒足饭饱后才带着婆娘娃儿姗姗来迟。他不到,电影就放不了,这大概算是当时的一种特权吧。

来晚了的,大人们或站立两边侧着身子看,或捡块砖头择地而坐;小孩则顾不了许多,幕布下屁股一蹲粘在地上,眺望星空一般仰起脑袋看。有时冬天一晚上坐下来,饥肠辘辘,屁股像是夹了一坨冰,脖子也又酸又疼,好几天人都不舒服。实在是没地儿了,就跑到幕布后面反着看,虽有些别扭,习惯了却也是津津有味。

那时的电影片源不多,都是些戏曲类或故事片,比如《沙家浜》《洪湖赤卫队》《地道战》《平原游击队》等等,大家最喜欢的还是打仗的战争片。随着《我们的队伍向太阳》军乐声奏响,由暗到亮的光柱打出闪闪红星和八一电影制片厂的字幕,原本嘈杂喧哗的声音顿时安静下来,一个个伸长脖子,张大嘴巴,眼睛直勾勾地盯着大银幕,连抱在怀里的婴孩也停止了哭闹。人们的情绪随着电影的情节变化而跌宕起伏,当坏人凶神恶煞地欺压百姓时,大家是咬牙切齿,一片咒骂;英雄人物战胜敌人取得最终胜利时,则是欢天喜地,心情舒畅。李向阳似的正面人物都是高大英俊、一身正气,南霸天那样的坏人则是外形丑陋、猥琐不堪。有的小孩在"突突"的枪声响过后,第二天大清早就跑到挂幕布的地方,四处寻找弹壳。一些年龄稍大的人始终没有闹明白,当日被打死的人,不久后又跑到另一部影片里面活蹦乱跳。

每次放电影基本上都是两部,刚开始时还要放一段关于水稻病虫防治等农业生产技术和预防泥石流等地质灾害方面的科教片。在换片的间隙,喝得醉醺醺的大队干部经常一时兴起拿起用红布包扎的话筒,手叉腰,头后仰,神气十足地做报告:"喂呀——喂——喂,社员同志们,社员同志们,请注意了哈!现在我通知两件事情,啊这个这个……啊这个……"这比开社员大会或在广播里讲话效果好多了。小孩们可不管这些,有的屙屎屙尿,有的你推我攘、乱作一团,有的在幕布上对着灯光比画各种手势,还有的四处乱窜、呼爹找妈。接下来的几天,人们在下田干活或冲壳子(四川方言,聊天)时,把电影里面的故事内容反复品味,甚至为了一些电影细节争得面红耳赤。

队里有个叫江三娃的年轻人,是个超级电影迷,不管农闲农忙,整天带着我们这些精力旺盛的小屁孩追着电影跑,今天这个村,明天那个村,看的内容都差不多,熟悉的片段台词都能背下来,远的地方有几十里路,走回家已是鱼肚白初露的晨曦,却仍然乐此不疲。如果是消息不准确扑了个空,被人问起电影名又不好意思讲,只得故作神秘地说"英雄白跑路",或者是"铲了个锅巴"。

我们当小孩的最不喜欢看戏曲电影了,一晚上"咿咿呀呀"唱个不停,挺简单的一句话要哼哼唧唧好半天,让人看得毛焦火辣。记得有一次我到邻村看越剧《红楼梦》,电影没放多久,四周全是呼噜声,人们歪着斜着躺倒了一大半。看这种电影我有个绝招,早早地摘些酸梅草、青酸枣放在口袋里,睡意蒙眬时,嚼上几口,酸涩的味道顿时让人精神振奋,可惜这种刻苦劲头没能用在读书学习上。

看坝坝电影也有乐极生悲的时候。有天晚上母亲带着我们到几百米远的大队部看完回来,黑漆麻乌的堂屋门洞大开。开灯一看,寝室里的木箱子被翻得乱七八糟、凌乱不堪,几件稍新一点

儿的衣物和值几个钱的东西都不翼而飞，母亲当即瘫倒在地、失声痛哭，我们也心哽哽的，愤懑难受。第二天我四周勘察，门前黄澄澄的油菜地中央倒伏了一大片，估计小偷早就在此潜伏觊觎。后来公安干警在查处另一起盗窃案时，将其抓获，可惜已于事无补了。从此后，再好看的电影母亲也不去凑热闹，坚持在家守屋。

电影放映员大多是些有文化、根子正、有培养前途的知识青年，当然也是姑娘们爱慕的对象。我远房表姐在村小学代课，长得眉清目秀，身材窈窕，有许多未婚男青年无事献殷勤，但她偏偏看上了经常来大队的放映员，连她的父母也因这乘龙快婿感到脸上有光，时常在众人面前炫耀。

进入20世纪80年代以后，人们不再拘囿于集体土地，纷纷从大生产中解放出来，搞养殖、做买卖、跑运输，八仙过海，各显神通，生活也渐渐富裕起来。从长着尾巴的小木匣黑白电视到各种规格型号的智能彩电，从收音机到普及每个家庭的手机、电脑，唱歌、跳舞、打球等娱乐方式花样繁多，精神文化生活不再是单一枯燥的沙漠。水幕电影、球幕电影、裸眼3D等高档豪华影院，生动逼真的现场感、立体环绕的音响效果让人身临其境，俨然一场视听的盛宴。我们还可以通过手机、电脑随心所欲地下载、观看国内外新鲜大片，乡村的坝坝电影逐渐淡出了生活。虽然电影下乡的活动一直在持续，但观看的人群愈发稀少。前段时间我到农村朋友家做客，门外的公路边恰好在放一部抓特务的老电影，开始还有稀稀拉拉的十来个人，到最后就只剩下一位老大爷半寐半醒地守在那儿了。

时代在变，人的生活也在变，记忆里的坝坝电影离我们越来越远，那一段美好的时光，只能在我生命中怀念着。

饥饿的黑龙河

每个人都有自己的童年,它如一条河流,在我们的心中流淌着,永远不会干涸,也永远不会忘记。我出生于 20 世纪 60 年代末期川西坝子的农村,在我童年的记忆里,除了在黑龙河畔滚铁环、弹玻璃弹珠、放风筝、看坝坝电影等趣事,最刻骨铭心的就是一天到晚肚皮空空、心里发慌的饥饿感,直到现在,与吃相关的场景片段还不时在脑海中闪现。

那时的我和生产队的其他孩子一样,大脑袋柴棍腿,个子瘦小,肚子却大大地挺着,活像是田野里乱蹦乱跳还没有长出翅膀的蚂蚱。我们姐弟三人,因为父亲在外工作,家里只有母亲下田务农,劳动力不足,永远都是"超支户"。每年年底队上按工分结算分红时,别人家兴高采烈地分钱分粮,我们只能眼巴巴地等着父亲回来缴钱以后才能领到基本口粮。每顿重复着照得出人影的红苕稀饭和泡菜坛子里的腌菜萝卜条,感觉从来就没有吃饱过。好在家乡有条缓缓流过的黑龙河,这里不仅是我们玩耍的乐园,河中的鱼虾和沿河两岸的树果草根,也是大自然恩泽我们的食库。

老家是一个大院子,几十户高高矮矮的农房密密麻麻地挤在一起,黑龙河如神龙摆尾般绕行,自然形成一个生产队。春风轻盈的脚步刚刚走过,河岸的土坡上便已是绿草茵茵、野花遍地,阵阵彩蝶翻飞蹁跹,成群的蜜蜂呼朋唤友采花忙。我们趴在草丛中挖草根剜野菜,边挖边吃,边吃边哼哼"张打铁,李打铁,打把剪刀送姐姐,姐姐留我歇,我不歇,我要回家割大麦……"的童谣,嘴角上流着绿色的草汁,好似放牧着一群会唱歌的牛羊。茅草根甘甜清脆,嫩茎可以嚼烂吞食。酸梅草纤细瘦弱,叶子像是水中漂动的浮萍,虽不起眼,但浓浓的青梅子酸味却足以让人满口生津,精神大振。每逢大队放坝坝电影时,我总喜欢扯上一把放在衣兜中,遇到《沙家浜》《红楼梦》等戏曲电影,"咿咿呀呀"老是唱个不停让人昏昏欲睡时,嚼上几片,足以驱赶瞌睡虫的诱惑。还有一种不知名的浆果,又红又圆,煞是好看,有点像浓缩版的草莓,汁多却没有草莓的香甜。我们像传说中的神农一样,几乎尝遍了坡坎里的百草。

每到清明节前夕,河边茂盛翠绿的艾草叶被我们采摘回家,母亲把它们洗净切碎,和着面粉蒸煮,糯软清苦的艾馍馍让我们欲罢不能。母亲说,小孩子吃了艾馍馍后,可以保佑来年平安健康少生病。当时做梦也不会想到,鱼腥草、茼蒿菜、马齿苋等这些极为普通的野菜,竟也有乌鸡变凤凰的时候,现已身价倍增,频频出入于高档酒店餐厅,成为大鱼大肉后饕餮们的最爱。

"农历三月三,黄鳝梭边边。"种上从温室里催芽后的谷种秧苗,在等待收割油菜小麦的过程中,一些不甘寂寞的鳝鱼,便从刚收割了马苕藤、水泱泱一片的秧母田洞穴中出来溜达,于是人鱼攻防大战又将要持续到秧子全部栽上田坎。把三根厚实坚硬的黄竹片用刀切割成锯齿,然后做成剪刀状的夹子,再拿一根竹竿绑上煤油灯，肩挎竹篓，我和哥哥便在天黑以后到秧田边捉黄鳝。记忆中的天空总是黑魆魆的，没有月亮的晚上偶尔有几颗小星星闪着惺忪的睡眼，像是被罩在一口隙牙漏风的大铁锅里。我提灯在前照亮，哥哥随后负责抓鱼，走在狭窄而又歪扭的田埂上，稍不留神就会栽倒在水田里，弄得人仰马翻。远远望去，一盏盏忽明忽暗的油灯就像飘忽游弋的鬼火。最恐怖的是有一晚，哥哥竟然夹到了一条筷子般大小的水蛇，那水蛇由于睡梦正酣被打扰很是不满，吐出红信子鼓着眼扭动尾巴恶狠狠地盯着我们，吓得我们扔下竹夹哭爹喊娘拼命地跑回家，整晚上浑身发冷深陷恐惧之中。剔去青黄滑溜的鳝鱼内脏和椎骨，切成丝段，配上酸青菜泡辣椒，或水煮或软烧，口味酸辣辛香、绵软弹牙，让人回味悠长。虽然现在也经常吃各种鳝鱼料理，配菜配料也增加了许多，但总觉得没有那时的细嫩鲜美，少了些思念的味道。

　　我有俩要好的朋友，一个叫江小兵，另一位是王凤英。王凤英家住村头，长着胖乎乎的小圆脸，眼珠子像深潭里的两颗小黑豆，樱桃小丸子样式的头发，显得乖巧可爱。她平日里总喜欢跟在屁股后头看我们上树掏鸟窝、下河摸鱼虾，还时常带些水果糖出来，小伙伴们都喜欢跟她套近乎。她父亲是公社建筑队的技术员，家庭条件宽裕些，不时能吃上回锅肉。那夹杂着肉味的蒜苗香气，就像古希腊神话传说中的塞壬女妖极具诱惑力的歌声一般，在村庄上空回荡，把人们的馋虫全部勾引出来，纷纷抻长脖颈，神情迷惘，目光呆滞，"咕咚咕咚"地吞咽口水。住在村尾茅草破屋的江小兵，由于父母体弱多病挣的工分不高，嗷嗷待哺的兄妹五人，经常在吃饭时间为舀多舀少而争吵不休，叫骂声、哭喊声弄得全队人心凄惶。江小兵排行老四，在稀饭的抢夺中总是败下阵来,再加上两条欲滴还止的鼻涕虫、一头杂乱的枯草、一副尖耳猴腮虾米样的身板,活像饿死鬼投胎。

江小兵和我同病相怜、惺惺相惜,经常一起在院子里幽灵般乱窜,眼睛雷达似的到处搜刮能下肚的东西,对哪家种有水果、什么时候可以下手一清二楚,那些河坎上青红的桑葚、橘红的火棘果更是逃脱不了魔爪。记得有一天实在饿得难受,我们在午后趁人不注意,蹑手蹑脚地溜进队里的番茄地,不论青红生熟,一股脑儿往嘴里塞,狼吞虎咽饱饱地大餐了一顿。结果不久之后我就恶心腹痛、上吐下泻,四肢酸软无力,折腾得难受。从此以后,一闻到番茄那酸酸的腥甜味,我的胃就翻江倒海不舒服,再也不愿吃上一口。20世纪90年代出生的女儿对我不吃番茄一事一直很好奇,多次问起缘故,我只能苦笑着找各种理由来搪塞。

哥哥不愿看到我整天一副饿捞饿虾(四川方言,形容怕吃不够而大捞饭菜的馋相)的样子,时常带我到河边,爬上酸枣树摘上一大把,满意地看我解馋。一次由于爬得太高,哥哥连同树梢一起从空中跌落下来,摔在坚硬的泥地上,一动不动,下巴划出长长的一条口子,慢慢地渗出乌红的鲜血。好心的乡亲从棉花田里叫来母亲,母亲跪在哥哥身边啜泣轻唤,憔悴疲惫的面容显得更加苍老。哥哥过了良久才睁开眼睛,从人群中搜寻到一旁呆愣的我,艰难地摊开右手,掌中有三颗青青的微微泛黄的酸枣。

冬天是最难熬的了,曾经结满酸枣、楸子的树木,叶子掉得七零八落,像是被人扒光了衣服;庄稼地也是光秃秃的一片,连小草也都干枯萎靡。裹着哥哥姐姐穿剩下的花花绿绿的破棉袄和单鞋,刺骨的寒风把我们的手脚和耳朵吹开大大小小的像花骨朵一样的紫红色冻疮。平日里还能到农田和自留地顺手牵羊些玉米棒、麦穗以及瓜果蔬菜,现在唯一能够去的地方就是生产队的牛房了。牛是农民的命根子,平日里拉车犁地都得靠它。队里有牛棚,还有专人负责饲养,吃的自然也比人好多了。除了米糠、饭粒、麸皮和谷草,里面还经常拌有胡豆,那是因为牛吃了胡豆才有力气干活。只要有吃的,我们也就没有什么顾忌了。行动前,要先查清饲养员的行踪,留一人打掩护盯梢,其余的人则鬼子进村般迅即把桶里的胡豆悉数捞出,然后撤退到河边树林大快朵颐。水牛、黄牛们虽然不满,但也奈何不得,只能"哞哞"的表示抗议。浸泡过的胡豆有一股浓浓的牛尿粪的味道,也没有晾晒过的干香,但能慰劳一下前胸贴后背的肚皮也算是很不错了。

俗话说:"常在河边走,哪有不湿鞋?"终有一天,我们偷食牛房胡豆的事情被人发现并告到学校。于是在礼拜一的早会上,我和小伙伴们一一被点名到村小操场的土台上列队,背着手耷拉着脑袋,接受校长的训斥和同学们的哄笑。就这样,在小学一年级时我就有幸登上了主席台,成为当时校园里的名人之一。

改革开放后,社会经济高速发展,城乡居民生活水平得到极大的改善,已从过去如何才能吃得饱,变成了如何从花样繁多的品种中选取有机生态的绿色食材,提升生活品质,讲究荤素搭配。怎样科学安排儿童的一日三餐,使其摄入均衡、合理的营养,已成为一门学问,研究的专家学者众多。对父母而言,如何纠正孩子挑食、厌食,或者克服肥胖等,是个令人头痛的问题。我庆幸生活在这个美好的年代,让儿孙们不再经历我童年时的磨难。

有些人的童年是一条金色的船,装满了糖果和玩具,有五彩斑斓的梦;然而,我的童年装填了太多的酸涩。饥饿是时代的产

物,伴我度过孩提时光,留在记忆深处,却不断提醒我淡泊名利,珍惜现在幸福的生活,知足者才能常乐。苦难既是一种阅历,又何尝不是人生一份宝贵的财富呢?

乡村供销社

星期天下午，明媚的春光驱散多日的阴冷和潮湿，裹着冬衣的市民纷纷走出家门，或在旌湖岸边吃茶聊天晒太阳，或到乡村郊野踏青访春，享受着大自然慷慨的馈赠。闲来无事，我便邀约好友谭明旭、孙宗学，一起来到曾经生活过的孝感供销社。

一提起乡村曾经拥有的供销社，现在的年轻人大多一头雾水，两眼茫然，也许在他们心目中，除了各种超市、商城，就是互联网上的淘宝、京东等电商了，只要刷手机付费转账，足不出户，用不了多长时间，所购的东西就在家门口等着领取。即使是偏远的农村，购物也是极其便利。而对于出生在20世纪五六十年代的人来说，供销社是生命中不可磨灭的印记，对我更是如此。

记忆中最早的供销社是出现在我小时候的20世纪70年代。在村委会（当时称大队部）驻地旁边有一排土墙青瓦阔气的大房，房屋里间是供销社代购代销点仓库和店员值班休息的办公室，外间是卖货的地方。三合土夯实地坪，进门对面一长排已经很陈旧的木制玻璃柜台，里面摆放着老百姓常用的针线、火柴、肥皂，学生用的铅笔、文具盒、作业本，还有各种香烟、糖果，

散装的红糖、白糖、食盐等。柜台后面的墙上是开放的货架，里面摆着各种颜色的布匹、鞋帽、瓷盆、水瓶等。货架上方写着"发展经济，保障供给"几个鲜红的大字。最靠里的墙角摆放有镰刀、锄头、犁铧等农资商品，以及收购的铁铜、塑料等废旧物。诗人龚学敏在他的《金钱豹》一诗中曾这样写道："……来吧/霰弹的花朵，已经把我招摇成/最后一面旗帜，一个被钉在墙壁上的/动词。"讲的就是那个年代，在供销社收购站墙上张贴着一张从农民手里收购来的金钱豹皮。柜台外门口处有个大铁桶，里面装着点灯用的煤油，脏兮兮的，旁边是几个装有白酒、酱油、醋的缸、罐等。柜台上始终放一个大算盘，两个中年男子一面随时随地介绍货品价格，一面噼里啪啦地拨弄算盘珠子。

　　那些年，代购代销点是村里最热闹的地方。乡亲们劳作之余除了蹲墙根，就是去聚堆。不过，逛代购代销点，就像现在逛超市一样，很多时候，大家就是去过过眼瘾，聊聊天。兜里没钱，看到喜欢的东西，只能咽下口水悻悻离去。再说，那时候买东西，不是你想买多少就能买的。很多东西，买的时候不是光花钱就可以，还要粮票、布票、烟票、酒票等等，凭票供应。对男人们诱惑力最大的是一毛钱一斤的蔗渣散酒，又称糖泡子酒，以及八分钱一盒的"经济"牌香烟（杜仲、春城、飞雁等烟要贵些）。对于抽惯了自种自制的劲大味重、闷头痰多叶子烟的人，手指间夹一根白细的机制卷烟，那是一件很炫酷的事。我们小孩则始终关注一分钱一颗的有玻璃纸包装的水果糖，挖空心思地搜集些破铜烂铁、牙膏皮来卖，或者主动请缨替父母采购，以期得到几分跑路钱，体会那甜蜜幸福的时刻。

　　我的家庭与供销社有不解之缘。母亲年轻时曾在八角井供销社上班，并与父亲相识组成家庭，后响应号召下放农村参加红红火火的大生产运动，白天在农田里"修理地球"，晚上收工回家忙里忙外，含辛茹苦拉扯我们姐弟三人。父亲在供销社一直干到退休，姨父、幺舅舅也都在供销社供职。哥哥耗时几年复读考大学无望，只好享受当年的政策，与父亲以换工形式成为供销社一员。

从德阳市区出发，穿过潮水般汹涌的车流，我们踏上了孝感镇的乡村公路。过去镇政府驻地破旧低矮的建筑、窄小坑洼的公路，已被拔地而起的高楼和笔直宽敞的沥青油路代替，两侧人行道香樟树绿意盎然，玉兰形路灯豪华气派，新建的高铁车站壮观动感，充满现代化气息。这里已经与城市连为一体了。再前行，由旧时庙宇改建而成的我曾经就读的初中学校已焕然一新，教学楼高端大气，操场平整开阔，找不到一丝过去的痕迹。汶川大地震后，农民新建的小洋楼散落在田野，杨树还羞涩地赤裸着身子，而油菜花却已怒放，将堆积的金黄与麦苗的青绿、梨花的雪白、桃花的粉红交相辉映，编织着乡村四季中最漂亮的五色地毯，美不胜收。

儿时的供销社就在离镇政府两公里左右的灵庙村三岔路口，红墙灰瓦，高大醒目，现在却淹没在林立的门面商铺和茶馆酒肆之中。灵庙村因此地的灵嘉庙而闻名，1941年孝感乡公所从城关迁至灵嘉庙场上。取名为孝感，则是因为德阳县为东汉大孝子姜诗、孝妇庞氏的"一门三孝"故里。熟悉的供销社还伫立在原处，只是墙面剥脱、天花板掉落，看上去破败不堪，与周边的热闹繁华格格不入，仿佛一个苟延残喘的老人混迹于时髦洋气的青年人群中，显得另类和孤独。塞满糖果、连环画、烟酒、鞋帽等货物的柜台和货架不见了,也没有了进进出出的人群;宽大的房间一半被隔断租给了茶馆,剩下的一半则凌乱地摆放了些"三农"公司标识的化肥和农药,空荡荡、静悄悄的,连看守店铺的也不知所终。

供销社,顾名思义就是"专门供应、销售的合作社",是以农民为主体的劳动群众集体所有制的社会主义合作经济组织。在新中国成立初期,土地改革后,为迅速恢复和发展生产,迫切需要供应生产资料和出售农副产品,亟待建立农民自己的商业组织,供销合作联合社就在这样的背景下应运而生。

穿过大厅的走廊,走进售货员过去生活、休息的后院。首先映入眼帘的是一排排悬挂晾晒的灰白色薄膜,院坝墙角一堆堆的破旧衣物乱成一团,随意码放。杂草蓬蒿中的桂花树、苹果树依稀还有昨日的样子,早已废弃的水塔兀自矗立,就像是年老色衰的老妇人,蓬头垢面,袒胸露乳。两只系在树下黄黑间杂的土狗气势汹汹,对着不速之客咆哮不已。一位矍铄精干的老者和一对年轻夫妇闻讯而来,满脸狐疑,好奇地询问我们从何而来、有何贵干。

在攀谈中得知,老人姓张,来自中江农村,年轻人是他的儿子、儿媳。他们从购买了供销社的王姓老板手中便宜租下后院房屋和坝子,主要是收购废旧衣物、破棉絮等,打碎后送厂里作为制作沙发和床垫的填充材料,已是多年。三十多年了,过去干净整洁、温馨熟悉的厨房、寝室、仓库都挂满蜘蛛网,屋顶千疮百孔,没有门窗的房间张开大嘴,塞满了黑乎乎的破布垃圾,发出阵阵难闻的气味。

20世纪80年代初从村小考上乡初中后,我便搬来与父亲同住,这样既离学校近些,又有人照顾。窗前有绿树小草,屋后是庄稼河流,蛙声虫鸣伴我入眠,雀鸟花香唤醒黎明,祥和恬淡,是读书学习的好地方。爷爷原在县城里有间制作卷烟的手工作坊,挣了些钱便举家迁回乡下,置办少许田地。父亲喜欢读书,成绩优异,无奈家道没落无钱供养,县立中学毕业后只得放下书本回乡务农。好在有了招工的机会进入供销社,考取功名、出人头地是他心中的梦想和难言的伤痛。为了让我和哥哥圆他的大学梦,他毅然放弃了城区供销社部门经理的待遇,回老家做了一名普通的售货员,照料我们兄弟两人的饮食起居。初中的学习生活繁重而枯燥,公路是学校和供销社的连接线,我每天行走在两点一线之间。

功课之余,我与鳏居的王爷爷下一会儿象棋,听一听食堂煮饭独眼阿姨读小学的女儿脆生生哼唱《满山红叶似彩霞》等歌曲小调,或到院子地里摆弄花草,看完电影《少林寺》后热血沸腾地比画几下拳脚,生活倒也快乐充实。六旬开外的王爷爷白白胖胖、慈祥可爱,拿一把蒲扇,就像"八仙过海"里的汉钟离,动作慢慢悠悠,说话轻声柔气;每次下象棋我耍赖悔棋,他都笑眯眯的,不曾恼怒。独眼阿姨却是斤斤计较,闲来没事就东家长西家短地叨唠不停,仅剩的一只眼,尖锐锋利,好像尾巴弯举的蝎子,盯得你毛骨悚然,浑身不自在。记得有一天晚上,我趁着夜深人静上公厕时,把院子里觊觎多日、唯一一个快要成熟的青苹果偷吃后,第二天大清早就听见她在院子里一惊一乍、骂骂咧咧,仿佛丢失了极其珍贵之物。过了好几周,提及此事都是一只手叉腰、一只手指天指地,一脸的愤懑不平。我想也许是身体的残疾和长期缺失的关爱,让她变得敏感多疑,不愿意吃一点

点亏。

计划经济条件下的供销商业合作社就像人体的毛细血管，掌控人们的衣食住行、吃喝拉撒，是一个香饽饽单位。那时候生活贫乏，物资紧俏，人们最羡慕供销社的店员，风雨淋不着，又挣现钱，当上店员，说媳妇姑娘要彩礼都比一般人少，还不用排队托媒人去保媒。当时，就有这样的顺口溜：听诊器，方向盘，民办教师，售货员。用现在的话说是白领阶层，让人羡慕。成为一名商店售货员，是很多青年男女的梦想。据初中一起同过学的谭明旭讲，因课堂上与数学实习老师顶嘴，被罚不准进教室，逃课期间他时常在供销社的柜台前溜达，望着花花绿绿的糖果食品两眼放光，幻想着有朝一日能当上风光洋盘的售货员，想吃啥就吃啥，想要啥就有啥。谭同学辍学之后，务过农，当过木匠，开过出租，几番打拼，现在已是建筑公司开豪车的老板，如果愿望实现当个售货郎，现在不知是何光景。

这里除了为数不多的中年老者，也聚集了一群风华正茂、热情奔放的年轻人。记忆中有喜欢戴蛤蟆眼镜，留长发、小胡子，穿花格衬衣、喇叭裤、火箭式皮鞋，时髦的英俊小生李建哥，以及个头矮小敦实、红脸凸眼卷发，总爱粗声粗气吼上几句流行歌曲的秦幺娃等。每天下午放学后总能见到他们唱歌跳舞、喝酒打牌，嘻嘻哈哈换着花样地闹腾，释放着无处发泄行走的荷尔蒙。印象最深的是高中毕业后刚参加工作不久，有着鹅蛋脸、柳叶眉，肤白貌美，长得像神仙姐姐的苏燕姐。燕儿姐，高挑文静，轻言细语，对我也很关心照顾，我非常喜欢她，总想和她在一起。然而就因为一次工作上的失误，下午开会她被领导当众严厉批评后，当天夜里服安眠药自杀了。我不知道她内心经历了怎样的苦痛挣扎，与爱她的亲人诀别毅然赴死，青春芳华在最美好的季节戛然而止，让人心痛惋惜。

20世纪90年代，我曾回去过一趟，那时乡镇供销社已濒临破产的边缘，村上的代购代销点已经取消，李建、秦幺娃们也都陆续离开单位自谋生路。食堂大厅墙角的木凳子上孤单地存放着她父母不愿领走的燕儿姐姐的木质骨灰盒，黑白小照片上的她依然秀发长飘，回眸浅笑，清纯的凤眼略带忧伤地看着清冷世间。

那时的我年少贪玩，对什么事情都充满了好奇。有一次从城里进货回来的肖大爷，刚把小四轮拖拉机车厢里的货物卸下来，我便死缠烂打地央求他让我开着车头溜达一圈。掌握了简单的动作要领，我急切地爬上车开出院子上路，感觉是威风八面、神气十足。突然迎面驶来一辆大卡车，我手忙脚乱地想调转车头，错把油门当成刹车，从小树林的缝隙中连人带车飞进了路边凹陷好几米深的抗旱用的机沉井。被周围惊慌失措的人群从水中打捞上来时，我的大脑一片空白，浑身瑟瑟发抖。还在学校开家长会的父亲得知消息，心急火燎地跑来。见此场景，父亲咬牙切齿，双拳紧握，血红的眼睛像要喷出火来，看到我可怜兮兮的样子，高举的巴掌又无力地垂下了，连声责问："你娃是咋个起的哦（四川方言，怎么回事），咋会搞成恁个样子？"带我回寝室换了身干净的衣服，他又四处找人帮忙，用手动葫芦把车头吊上来维修，前后忙乎了好几天。如果当时车速再快些或慢点，或者稍微偏一些飞奔撞树的话，也许都是车毁人亡的结局，也就没有我还能安静地坐在书桌前写下此文了。人们纷纷上去宽慰父亲："莫要难为娃儿了，大难不死，必有洪福。"我已经年过五旬，是工作、生活都平淡无奇的普通人，"洪福"这辈子是奢求不上了。但这件事深深刻印在我的脑海里，既有对父亲的愧疚，也懂得了凡事不可鲁莽冲动，应审时度势、相时而行的道理，一夜间似乎成熟了许多。

这件事在周边引起了轰动，一时间大家茶余饭后都在谈论这个话题，许多好事者专门跑到现场看个究竟，品头论足，啧啧称奇，一口小机井成了"网红打卡点"。后来迁到新疆昌吉军垦农场、同学铎江当村赤脚医生的母亲，一提到我就说是"把拖拉机开到井里的那娃"。

我再次走近，想要看看那口让我铭记一生的机沉井，而眼前却是拓宽的公路旁的一栋栋两三层楼、贴着外墙瓷砖的农房聚集点，水井早已填埋在混凝土下，无处找寻了。

初三上学期，新任供销社主任的儿子陈云从黄许转校到孝感初中，我和家住附近的铎江又多了一个死党。放学后，我们总会相约来到供销社旁的小河边，在松软的草坪上或躺或坐，看书、写字、背单词，准备迎接残酷的中考。闲暇时，展望人生的梦想，评论心仪的女生，讲述青涩的烦恼。那时的河水清澈见底，"叮叮咚咚"缓缓流淌，河岸上杂树成林青葱翠绿，农家小院炊烟缕缕，暮霭中笼上薄薄的雾纱。现在的河沟已经改道，堰头是一潭长满浮萍的死水，柳树依旧抽出嫩芽，不知名的小草开出稀稀疏疏鹅黄的小花。河道旁一家苗圃基地规模可观，因环保整治而关闭的养殖场边，篮球场、乒乓球台几个少年捉对厮杀，挥汗如雨。

初中毕业后，我们一同考上了县城高中。铎江在高三还未读完就随父母去了新疆，财贸校毕业后落户昌吉，娶妻生子，成为个头矮小的新疆人。陈云考上师范后当了一名乡村教师，因不甘心教一辈子书，办了个停薪留职便东游西荡，到处折腾，当帮工，开公司，终究无所建树，只得返回校园重拾教鞭。我从绵阳师专毕业后分配到乡镇政府，后又进区级部门当了个小职员，虽无大富大贵，却也衣食无忧，过着平凡简单的生活。年少时的伙伴为了生计各奔东西，联系愈发稀少，那些激情昂扬的远大理想，也随着岁月的流逝而渐渐消散在风中。

随着农村实行家庭联产承包责任制，改革的春风吹遍大地，开放、搞活的市场经济打破了传统的统购、统销二元次结构，人们从祖祖辈辈刨食的土地中解放出来，放开手脚各显神通，物质得到极大丰富，琳琅满目的商场超市、专卖店如雨后春笋般蓬勃兴起。从时髦贵重的衣服首饰到不断更新换代的家用电器，从过去要托人找关系才能买到的自行车到国内外各种档次规格的小汽车，腰包日渐鼓起来的城乡居民随心所欲地选购自己喜爱的商品。

供销社在过去广大的农村发挥了无可替代的作用，促进了农业生产，有效保障供给需求，确保了国家经济建设平稳有序发展，它由盛到衰的过程，是祖国走向繁荣昌盛的缩影。虽有一批和我哥哥同样命运的人下岗失业，然而我庆幸生活在这个伟大的时代，那个生活拮据、贫穷困顿的年代一去不复返了。

我不知道那个骨灰盒最终的归宿地，但如同已经远去的计划经济，标志着一个生命历程的完结。那遥远的三年供销社生活，以及苏燕姐浅笑忧郁的眼神，时常萦绕在我心怀，成了我一生抹不去的记忆。

那一条弯窄的大巷子

老德阳的街巷阡陌纵横,像遍布人体的脉络血管,串联城市的纹理肌体。每条街巷都有关于生与死、爱与恨的故事话题,都有柴米油盐的烟火气味,都静静流淌在平凡的岁月中。而我记忆中留下深刻印象的是北街的大巷子,一条弯弯曲曲、幽寂窄长的小巷。

认识大巷子是源于在德阳二中求学苦读的三年高中生活。这条普通的巷子,铺满一个农村娃彳亍独行、歪斜而倔强的脚印,它从记忆走向回忆,从我的心里走向梦里。

我在农村的学校读初中,由于中考成绩不甚理想,最终没有得到上天的眷顾,与心目中的德阳中学失之交臂,不情愿地等来了二中的召唤。别人拿了高中录取通知书都是心花怒放,鸣炮摆酒,昭告乡邻。你可要知道,在 20 世纪 80 年代中期,在乡镇学校要考上好一点的县城高中,那就好比从独木桥上左突右冲杀开一条血路,很不容易的。而我的心情却如当时阴郁低沉的天空,感觉命运之舟在风雨中飘摇。

在父母的耐心劝说和反复催促下,我懒心懒肠地收拾起行囊,按期到校报名。德阳二中的校舍曾是老县城的关帝庙,1925

年，改建为德阳最早的国立初级中学，贺龙元帅曾在此接见国民党驻军中将裴昌会，共商和平解放事宜，也算得上是所名校。谁承想学校竟然坑坑洼洼、破破烂烂，一副老旧寺庙的模样，感觉像是活在当下的前朝遗老。只有一棵枝繁叶茂的银杏树在两栋教学木楼间"咯吱咯吱"抖动，透出些许鲜亮的色彩。

当时就心想，这下算是完了。本来考上大学的概率就极低，这个破庙子学校每年只能考走一两个人，看来要实现吃上供应粮、成为大作家的梦想是没希望了。于是自暴自弃，上课不听讲，逃学，不参加单元测试，以致学习成绩每况愈下。

望子成龙的父亲看到我这个样子，非常着急，半期考试后，他觍着脸去找在物资公司上班的朋友钟叔叔，恳请他把单位寝室借给我晚上留宿学习。物资公司在北街正街上，穿过对面大巷子，顺着穿城堰和学校高墙间的关帝庙巷，就到了照壁边的学校西门（原正门朝南，因修建教师宿舍而改道），整个路程行走时间十多分钟，相距并不算远。

由此，这条并不宽敞的大巷子，成为我白天到学校上课、晚上回宿舍睡觉的连接线。路面碎石丈量着我的青葱时光，高墙厚土记录了我成长的生命历程。

穿城堰，在民国前的官修县志中，被称为黄胶堰。这条河从德阳县城以北而来，在老县衙背后五台山分支穿过龙桥，下游即是梨儿园。龙桥西北岸有个水码头，再往北就是被称为灶君庙的地方。民国时期，德阳驻军122师把这座古庙改成军政大院，供军政要员及家属居住。这个水码头，就成了他们取用生活用水及洗漱的地方。122师的师长王铭章，入选民政部公布的第一批三百名抗日英烈和英雄群体名录，是在台儿庄战役的滕县保卫战

中,与日寇浴血奋战、舍生取义的著名爱国将领。

作为绵远河的支流,它从北到南,贯穿了大半个德阳老县城,曾是周边居民取水做饭、洗衣淘菜的重要河流,与百姓朝夕相处,是一座城市的血脉。在我上学的时候,这一段穿城堰还在,只是沟渠已经很浅很窄,死寂般淌着黑臭的污水,俨然已成排污沟了。听久居城市的老者讲述,过去穿城堰的河两岸,长满了粗壮的皂荚、桤木、乌桕等,树干相连,枝叶荫翳。白天,阳光透过叶隙,扯起数十道的光线插入河面,清洌的河水梭草依依,成群的鱼虾自由游弋。入夜,月色倒影,满河波光粼粼,房舍炊烟缭绕,一阵阵柏树丫燃烧出的香气四处游动。每天清晨,太阳从东山顶上喷薄而出,薄雾在绵远河上缥缈,便是人们纷纷下到桥两端的码头上挑水回家的时候。堰河边的茶馆里,早起的男子,已端起盖碗茉莉花茶,在氤氲的水汽和茶香中,用呛人的叶子烟、零星的话语和散落的咳痰声,惊醒睡眼蒙眬的黎明。

过去不仅是梨儿园,在穿城堰流过的所有地方,大家都恪守一条不成文的规定:住在穿城堰上游的想到中游的,中游的再想到下游的,早晨九点钟前绝不在穿城堰里洗漱,更不要说涮屎罐和倒尿桶了。经过一夜流淌、沉淀,穿城堰又以一河清亮澄澈出现在县城居民面前。后来有了自来水,河水被污染,水源减少,渐渐干涸。1983年德阳建市后,随着城市基础设施不断完善,已无用处的河沟被混凝土覆盖,从此坠入黑暗,掩埋在历史的深处,逐渐被人们遗弃。

大巷子长一百多米,宽两米左右,其实不算大,只是相较于同处梨儿园、既短又窄的小巷子而言,稍宽长一些。大巷子呈英文字母"N"的形状。从北街进巷口朝东行约二十米处有个折弯,在拐弯交会处就是原德阳城关二小的校门，这所小学在1949年以前是一所女子学校，由原旌阳书院改设，后改名为北街小学。住在附近年龄大些的人喜欢自我调侃，称自己是"北大"毕业的，不知情的会大吃一惊，敬佩仰慕之情油然而生，事后方知是北街大巷子小学的简称，让人忍俊不禁。记忆中的巷子两边有一段高高的三合土围墙，在下一个折弯后前行十多米，是一家针织厂，生产毛巾、毛被等。厂大门对面有一条南北走向的巷子叫徐家巷。徐家巷有三个小院子，栽植着几棵茂盛葱茏的皂荚树，这也是德阳为数不多的巷中巷。在上学与放学的途中，时常遇见一个同班的女同学从那条巷子中进出，短发、圆脸、微胖，戴着圆圆的玳瑁眼镜。说来惭愧，高中三年我竟从未与其说过话，甚至连叫什么名字也早就忘了。也许我是自卑心理作怪，对于城里的女生，只有羡慕的份，很少与她们有过交集，更不敢奢求在暗香寂寞的巷子，与撑着油纸伞在烟云雨色的迷梦中踽踽独行、结着丁香般哀怨的纤丽女子擦肩回眸。

  再行不远，就是德阳有名的"三步两洞桥"。河水从上方老县衙附近的龙桥而来，正好在此巷道处分流，横穿城内的称"穿城堰"，向城外绕行的是"护城河"。大巷子在这河道上架起石板，石板由两块相拼而成，因而形成迈出三步就跨过两洞桥的景观。过桥右转便是去二中西门的关帝庙巷，若直行，即是老川陕公路（现在的泰山路）。公路坡坎下与绵远河之间，有德阳石刻公园的大型石雕群，被称为"中国的吴哥窟"。

  在穿城堰的石板桥与通往老川陕路的巷道边，有一排灰砖黑瓦的平房。父亲的中学老师张爷爷，就住在居中的小四合院里，我曾应邀去过一次。记得从坐北朝南"嘎吱"声响的双扇木门踏进条石铺就的小天井，一个石砌的土黄色水缸盛开着粉红娇艳的睡莲，几盆天竺葵、龟背竹等绿色植物分列左右，阳光斜照在竹篾编织浅白的泥墙上，木制镂空的褐色窗棂透出书香，显得雅净温馨。张爷爷夫妇二人清瘦和善、精神矍铄，待我如亲人一般。比我父亲小几岁的张姨秀外慧中、温文尔雅，大学毕业后分配到云南畜牧研究所工作。她的独生女却黑黑瘦瘦，古怪精灵，是个刁蛮任性的小公主。

上课、放学期间，戴着红领巾、一蹦一跳的小学生三三两两，像一阵风刮过；上下班时，针织厂女工自行车阵流过。除此之外，平日里巷子极为清净，偶尔有人稀疏地闪现，大部分时间都静谧得近乎死寂。一个人走在巷子里，可以清晰地听到自己的足音登然，似乎可以触碰到自己的身体在瘦削阳光下拉长的影子。我仿佛是一个迷途中的孩子，拿着生锈的钥匙，轻叩厚厚的墙壁。我不断地责问自己，难道就这样轻易放弃梦想和追求，只愿是这座城市匆匆的过客？虽然无法选择出生，难道我就不能再拼一次，为了父母不蒸馒头蒸（争）口气，让漫长的人生路多一些精彩和掌声？大巷子张开怀抱接纳了我，阳光和清风一路相随，陪我思考，给我力量。

狭窄的巷道，两边土墙表皮剥落，裸露出卵石和干结成蜂窝状的灰浆，以及斑驳暗绿的苔痕，缝隙中瑟缩了几根细细的野草。夏日的细雨，斜斜地从巷道上空刺过，巷道地面却干燥如初；冬日的西北风，胡乱地在巷子里拍打，"呼呼"的呜咽声让纸屑在半空中摇头叹气。高高的围墙，雕花的屋檐，岁月和风雨磨损了当年的风光，巷子里的房子保存着历史的痕迹，却落在被遗忘的路口。

晨曦徐徐拉开帷幕，吐露灿烂的阳光，残月像一块失去了光泽的鹅卵石，抛在天边，我背着书包行走在空寂无人的街巷。夕阳西下，七彩的云霞绚烂美丽，我又走进沉沉暮色里。一轮明月冉冉升起，银闪闪的星星像小精灵一般眨着眼睛，默默注视我孤单的身影。温习完功课已是夜深人静，我站在钟叔叔五楼单身宿舍，望着窗外夜色中楼影绰约的万家灯火，不禁感慨，要是能在这座城市里有一个属于自己的家，那该多好呀！中考前，蜡烛般长期扎根在孝感初中、用粉笔灰染白了双鬓的班主任肖老师曾经对我们说："娃儿些，你们要想脱农皮嚯，只有多读点书哦。""脱农皮"是川西坝子的俚语，意思是去除掉农民身份的标签，知识真的可以改变命运呀！那个年代，城乡差距很大，要想进城吃上供应粮，施展抱负和实现理想，如果不是当兵成为军官，就只有努力读书考上大中专学校，才可能有舞台和空间，才可能会流星般擦亮人生行走的轨迹；否则，高中毕业后，只能回家当农民，像父辈们一样守着一亩二分包产地，陪着太阳升起跌落，如一粒微尘碌碌无为地了却一生。当时大街小巷正在热播路遥同名小说改编的广播剧《人生》，我不希望像高加林那样无奈的结局在我身上发生。

德国作家赫塔·米勒说："人生是一个长长的经过句。"我深以为然。在这条不算长又不算宽的巷子，我走过了决定前途命运的宝贵时段。那土路、高墙见证了我在书山题海中攀登跋涉的苦中作乐、青春期躁动的郁闷惆怅、不愿认命的艰难挣扎和对美好前程的希冀畅想。

残酷的高考结束后，在满怀憧憬和惴惴不安中我离开北街大巷子回到了农村。那年8月下旬，我正在一望无边的稻田中用沉甸甸的稻穗奋力敲打板桶且神情疲惫绝望的时候，要好的同学送来绵阳师专中文系的录取通知书，那时的感觉犹如干涸的沙漠流过清泉，燥热难耐时吹送的凉风。我来到沟渠边，洗尽腿脚上的泥浆，长舒一口气，朝着稻浪起伏、丰收在望的田野挥手道别，踏上人生崭新的路途。

　　读书毕业，我回到德阳在乡镇政府工作，揣上了公家的饭票。随着社会进步和城市发展，昔日老旧局促的小县城已是楼宇鳞次栉比，道路宽敞明亮，幽深窄小的街巷除了名字还在，都改建扩建换了门庭。曾经校舍朽烂的德阳二中也是现代气派，操场上奔跑的学子们挥洒着青春与激情，唯有那棵千年银杏、那截明代照壁还在，给风雨保留回味，给岁月印刻沧桑。粮油供应票证作为时代的符号已变成个人收藏品。天高任鸟飞，只要有想法有能力就有适合你的主场，就能干出一番事业，谁还会关心在乎你是城里人还是来自农村？

　　若干年后工作调动，我来到改名为旌阳区的部门上班，在打造成旌湖的绵远河岸边买了房子，与父母妻儿住在一起，虽无大富大贵，生活也算闲适安宁。尽管没能成为有名的大作家，但也偶尔有小块"豆腐干"文章在报刊上发表，多少实现了些人生价值，成为一个对社会有用的人。然而，原来一心想要挣脱逃离的故土乡村，离开时间越久，内心的那份思念越像一坛老酒愈发浓烈，小时候与伙伴们在门前黑龙河戏水爬树的场景，时常在梦中闪现。只是光阴荏苒，乡愁已经远去，无法抵达了。进城后，我偶尔也会去大巷子逛一逛，找一找过去求学时的心路历程。曾经转弯抹角、意味悠长的巷子似缩水一般，变得笔直粗短，抬眼就可以望穿。小学校还在，却物是人非，商住楼、酒店、超市取代厚厚的高墙和低矮的平房，都市小区气息浓郁。小巷的记忆，在流逝的岁月里发酵，让一种怀念越来越清晰；小巷的记忆，开始走进怀古的历史，逐渐被林立的高楼抹去。

现在我已年过半百，工作和生活中有过许多曲折繁杂的小巷，甚至埋头走进死胡同。尽管也曾哀怨彷徨，也曾在难以抉择的十字路口徘徊苦恼，但我始终坚信，只要认准了方向，心无旁骛、坚持不懈地走下去，光明通达的路径就会在下一个转弯的巷口等你。

父亲与山

地处旌阳区与中江县交界处的崴螺山,因其山顶酷似有些歪斜的脑袋,又名歪脑山。山不是很高,也不算特别有名气,但对于父亲来说,却有几十年的情缘。

大假的最后一天,天气阴凉,首日堵得水泄不通的进山公路终于顺达通畅。穿过热闹的和兴场,除了山脚下号称中国香山的寿香谷景区门口停车场的几十辆小车,逶迤蛇形的山路上,只有茂密葱郁的松柏,以及五颜六色的桔梗花和荆条花陪着一路向上,显得有些清冷。搀扶着父母从普渡寺山门拾级而上,行至山顶,灰蒙蒙的苍穹天际高远,脚下起伏的山峦波浪般延伸,连绵至目光的尽头,柏树森森,涛声阵阵,凉爽的秋风吹拂面颊,送来寿香谷迷迭香、薰衣草、鼠尾草隐约的芳香。瘦弱憔悴的父亲放下手杖,面朝西方的群山双手合十,闭目呓语,神情肃穆虔诚。祷告完毕,父亲长舒一口气,苍白的脸色也有了一些光泽,仿佛完成了一件大事。

距离国庆节还有好几天,父亲就嚷着要去趟崴螺山,仿佛急着要去赶赴一场隆重的约会。于是节日的第一天上午,我和妻子便早早地载着父母亲离开德阳市区,向东山深处进发。也许是因为新冠疫情后的第一个长假,人们仿佛是被关押了很久的囚犯,突然挣脱了牢笼的束缚,撒开脚丫子奔向山林、田野,又像失散多年的孩子,急切地扑进母亲的怀抱。一环路通往中江的路口,长龙一样的车阵不见头尾,沿德中路是过不去了,我们只好绕道经济开发区,从齐家堰的老路进去,虽然远了些,若顺利的话,中午前还是可以赶到的。

穿梭在乡村沥青公路的山林,太阳明晃晃地照耀大地,有些发黄的梧桐、变红的枫树、墨绿的松柏纷纷与我们挥手致意,涌向车后,秋日斑斓的景色让大家心情舒畅。过了和新镇政府行至英雄岭,车速渐渐慢了下来。蜗行一段时间后,临近从高槐村过来的两条道交会处,路被堵得死死的,车无法朝前挪动一下。下车打探,只见三岔路口挤得水泄不通,人们焦急地从车窗里伸长脖颈,像一只只待宰的鹅。无奈之下,父亲只好听从建议,打道回府,择日再来。一路上原本兴致勃勃、絮絮叨叨的老父亲变得沉默寡言,没有了兴致。

"我年龄大了,也帮不了啥忙,只能祈求山神保佑了。"下山的路上,父亲告诉我,他这一趟就是来通报的。前些年,我姐姐当临时工的儿子,参加机关事业单位招考,由于是职业院校毕业,基础差底子薄,屡战屡败,随着年龄增长,成家立业都是问题;我的女儿大学毕业后想到心仪的学校读研究生,考起来也很辛苦。父亲曾在上年独自与山神诉说心事,暗自许诺如果心愿达成,他一定是要来的。好在外孙、孙女都还算争气,了却他的心事。父亲弯腰弓背,小心翼翼地扶着栏杆,岁月的风霜刻在他脸上,锃亮的脑壳泛着青色,厚厚的眼镜片下流淌出温暖慈祥的光芒。

秋收后的田野空空荡荡，白墙灰瓦的农舍掩映在青山碧水之中，一只黑色的雀鸟"啾"的一声从草垛前掠过，消失在苍茫之中。平日里本来话就多的父亲，又开始打开话篓子，倾吐当年在和兴场工作生活的种种趣事。

法国小说家巴尔扎克曾经说："人生是各种不同的变故、循环不已的痛苦和欢乐组成的。"父亲与同辈之人一起见证了国家由积弱贫穷到曲折发展、繁荣富强的坎坷历程，被深深烙上了时代印痕。有过欢乐幸福的时光，也有伤病折磨的痛苦，虽然年轻时曾遭受过无情的打击而感到迷茫困惑，但最终能以坦然的心态面对世事变迁。

"这里的人对我们好得很哦！"父亲沉浸在回忆中。父亲20世纪50年代中学毕业，因家庭变故，无力再深造学业，回乡务农几年后幸运地考进供销社，吃上公家粮，成为当时人人羡慕、旱涝保收的售货员。早年曾经在这里工作过一段时间，并与母亲相识结缘。当年要组建驻村工作队，他第一个报了名，在春种秋收时节自带行李，到联系的生产队支援农村、协调工作。生活在大集体的年代，农村干部需要与群众同吃、同住、同劳动，工作队自己不起灶做饭，由生产队长安排到社员家去吃派饭。但是丘陵山区的生活特别拮据，粮食不够，吃不饱饭，是很普遍的。尽管如此，见到工作队干部，面带菜色、身上打满补丁的社员还是想尽办法弄些好吃的，宁可自己饿着肚皮，也要掏空米缸煮一次干饭，用换油盐酱醋的鸡蛋添一盘炒菜，让他们感受到山民生活的清苦和淳朴好客的品德。每每吃过晚饭，天色尚早，父亲便登上崴螺山，呼吸新鲜香甜的空气，欣赏晚霞中群山环绕、层林尽染，宛若缥缈仙境的景色，看看书，发发呆，憧憬着光明美好的未来。

崴螺山有座名为普渡寺的庙宇,距今已有六百多年历史。相传是明朝建文帝朱允炆靖难之变后被迫下位,隐姓埋名逃逸中,见此地山高林密、景色宜人,便结草为庐、开山修行,法号鍫华老祖,坐修化缘数十年而建。我想取名为普渡寺的禅语,大概是既渡苍生又渡自己之意吧。1959年隆冬寒月,已调离和兴场的父亲去公社办事,忙完之后,又前往崴螺山凭吊怀古。松柏依旧苍翠浓荫,曾经香火旺盛的普渡寺却已破败萧条,冷冷清清空无一人。感慨之余,作为文学青年的父亲,在古刹庙墙上提笔即兴写下一首打油诗:"崴螺远震川西地,宏伟秀丽似峨眉。翠山虽有迎客意,凄然慨叹不如昔。"尽管当时意气风发,感觉自己文采飞扬,却埋下了祸根。

疯狂的年代开始后,已是城区供销社团委书记,风头正劲、有着大好前途的父亲遭人妒忌,有人以这首打油诗为由,向上级告发,说是他对当今社会不满,再加上家庭成分本来就不好,于是很快便被撤职反省。满腔火热的激情突然被一盆冷水浇灭,父亲精神几近崩溃,崴螺山成了他心中的梦魇和针刺,一想起来就感到刻骨铭心的痛楚,久久不能释怀。对于父亲当时的心情我是可以理解的,年轻人都希望自己有似锦的前程,有施展才华和抱负的平台,况且一个人的出身,又不是自己可以选择的。经过这次打击,父亲变得低调内敛了许多,虽然依然喜欢文学与历史,又写得一手好字,却再也不愿意公开发表意见和文字了,只是把自己的情绪与想法写在日记本里,待夜深人静的时候,独自咀嚼品味。几十年始终如一,集下厚厚的若干册。也许父亲不曾料想到,他最小的儿子也喜欢咬文嚼字,并走上文学创作的荆棘之路。

　　三年困难时期，民生凋敝，迫于形势，母亲结婚后响应号召，从供销社退职回到农村，过上了背太阳下山修理地球的日子。随着我们姐弟三人呱呱坠地，母亲辛苦劳作一年，挣的工分结算下来仍是"超支户"，需要年底向生产队交钱才能领回口粮。对小时候的记忆，我印象最深的就是饥饿，感觉随时都是饥肠辘辘，仿佛从来就没有吃饱过。生活压力越来越大，父亲的文学情怀和凌云壮志也慢慢消退，为一家人的生计而劳碌奔波。后来为了照顾家庭，他干脆申请离开县城回老家孝感乡当一名普通售货员，希望把我们兄弟俩培养成才，实现他年轻时的梦想。

　　"痴儿未知父子礼，叫怒索饭啼门东。"少不更事的我，犹如杜甫笔下的"痴儿"，心安理得地享受着父亲的养育。曾经英俊秀气、有着宽厚臂膀、在我心目中如同高山一样的父亲，随着年岁增长，我对他的随遇而安不思进取、唯唯诺诺处处谦让的待人处世态度渐渐有些轻视，再加上他年龄大了后说话啰唆重复，我变得离经叛道起来。从小到大，父亲从来没有打过我，每次顶嘴也都以他闭口而告终。虽然知道是为我好，可还是经常撑回去，甚至有时扔下狠话让其难堪。看到父亲红脸鼓眼、手足无措的情形，我也是心堵气闷。因为一些生活琐事，急性子的母亲也常与父亲拌嘴争吵，屡屡也是父亲败下阵来。负责挣钱养家的父亲，在家庭中地位最弱势。

　　参加工作，娶妻生子，我也成了一家人的靠山。随着年轮在沧桑沉浮中穿巡，我渐渐明白了父亲的舐犊之情，对家人的宽容和爱护，以及现实生活面临的诸多无奈。就像那崴螺山，尽管时常遭到砍伐和毁坏，却春去秋来，依然传送鸟语和花香。其实父亲一直都是一座山，默默地为我们遮风挡雨，营造宁静的港湾，让我们健康成长。

父亲多年前已与崴螺山和解，那些不痛快的往事都随山风消散。退休后，无论是心烦气躁还是神清气爽，他经常骑自行车，或坐公交车来到山脚下，在独自攀爬与休憩时，与大山完成心灵的交流，仿佛是多年知心的老友，一个眼神就能读懂对方。崴螺山依旧青春如朝日，巍峨挺拔，而已是耄耋之年的父亲却日渐苍老，佝偻的脊背、干瘪的胸膛再也无法承担生活的重压，前两年又身患重病，生命之光残烛般在风中愈发微弱。

独立无言风满袖，青山相对共悠悠。从崴螺山林中，我读懂了父亲的坚毅与隐忍；从父亲身上，我看到了大山的坦荡与辽阔。

漫步在桂湖边

重阳节的前一天,恰好是星期天。我与妻子商议,决定邀请父亲与岳父、岳母一同前去新都游玩,既为三位老人过节,又可以观景散心,寻觅几百年前杨慎曾经走过的足迹。

深秋的清晨,难得的好天气,初升的太阳悬挂在东山顶上,穿透薄薄的雾霭,像是平底锅里破壳的蛋黄,跟随我们一路朝南。阳光温暖,焐干潮湿的川西坝子,将前几日绵绵秋雨的阴霾一扫而光,让人的心情都敞亮了许多。游览完千年名刹宝光寺,已临近中午,吃过黄豆汤、嫩三鲜,我们便直奔相距不远的桂湖公园。

桂湖公园始建于初唐,原名"南亭"。明代著名学者杨慎在此沿湖广植桂树,饯别友人,作诗《桂湖曲送胡孝思》,"桂湖"由此而得名。杨慎出生于1488年12月,四川新都人,明代文学家、学者、官员,三才子之首,百科全书式的人物,东阁大学士杨廷和之子,1511年状元及第时年仅二十三岁,授官翰林院修撰,参与编修《武宗实录》。杨慎最为世人津津乐道的除了他是四川在明代唯一的状元外,还有就是他的词《临江仙·滚滚长江东逝水》,作为大型电视连续剧《三国演义》的开场曲目,经著名歌唱家杨洪基老师演唱后,被人们熟悉和传唱:"滚滚长江东逝水,浪花淘尽英雄。是非成败转头空。青山依旧在,几度夕阳红。白发渔樵江渚上,惯看秋月春风。一壶浊酒喜相逢。古今多少事,都付笑谈中。"

1524年,杨慎卷入"大礼议"事件,触怒明世宗,被杖责罢官,谪戍云南永昌卫。在他戴着枷锁、被押解到湖北江陵时,正好一个渔夫和一个柴夫在江边煮鱼喝酒,谈笑风生。杨慎突发感慨,请军士找来纸笔,写下了传世经典之作《临江仙》。这首咏史词,借景抒情,有感而发,豪放中有含蓄,高亢中有深沉。通过叙述历史兴衰成败来抒发人生慨叹,让我们在感受苍凉悲壮的同时,又体会到一种淡泊宁静的心绪,表现了作者高洁的情操和旷达的胸怀,折射出高远的意境和深邃的人生哲理。读来令人荡气回肠、回味无穷。

穿过门厅,高大的古树藤蔓遮天蔽日,透过枝繁叶茂的丛林,一片枯黄的荷塘呈现在面前。桂湖的水已干涸,除了少数荷叶如同撑开的伞面还算青绿,腰身依旧挺直,有些许的黄褐斑爬上丰腴的脸颊,仿佛是迟暮的美人;大多数已佝偻着躯干,叶面脱水干枯,萎缩成越来越小的喇叭;有的甚至已经倒伏在泥淖上,梗茎被风雨折断,荷叶握成皱巴巴无力的拳头,像是一堆堆丢弃的草纸。依稀有黑褐色的莲蓬夹杂在残荷间,粗铁丝般的茎秆艰难地高擎着,却早已被遗忘在风中。满池的枯荷有一种凋零的美,就像容颜逝去的妇人,顺从岁月,把那份美丽融化在生命中,跨越生死,优雅地老去。淤泥之下,新的生命正在孕育,只要明年的春风吹过,夏季又将是红莲碧叶连天、万荷绽放、摇曳多姿的盛景。有几只白鹭在泥塘中时而展翅飞翔,时而低头觅食，和着树林中麻雀的叽喳喧闹，使得湖面在暮气中显现出生动。塘埂上树皮皲裂的垂柳枝条葱翠，好似娉婷少女在湖边梳洗长长的秀发。

大门口两侧有大小两株紫藤在空中交缠纠结，然后向着左右方向不情愿地蔓延伸展，形成葳蕤的绿色长廊。据传其中大的一株直径达八十六厘米，为杨慎亲手所植，距今已有五百多年的历史。这两株紫藤缠绵纽绕、难以割舍，像极了当年杨慎与才女黄峨"在天愿作比翼鸟，在地愿为连理枝"郎情妾意而寒蝉凄切的爱情故事。

公园内游人不多，三三两两，步履匆匆，也许对他们而言，满池的枯梗残叶，远没有红花绿叶让人兴奋陶醉。湖岸有杨柳楼、湖心楼、杭秋等楼台亭榭、小桥长廊，小青瓦卷棚屋顶，飞檐翘角，颇有曲径通幽、小桥流水的清雅艺趣。环桂湖通道边有隋唐时期土筑泥夯，明朝正德初年进行砖石加固的古城墙，像伸开环绕的手臂，千百年来默默呵护一方的安宁与祥和。

已过中秋，满园桂花竞放、银白丹红、争芳吐艳、一片繁花的盛景已离我们远去，只剩下一株株墨绿和枝丫间的枯花残痕，无从找寻那沁人心脾、让人迷恋的芳香了。"宝树林中碧玉凉，秋风又送木樨黄。摘来金粟枝枝艳，插上乌云朵朵香。"这是杨慎在《桂林一枝》诗中对桂花的描述。桂花林、桂花树一直是桂湖的特色景观，但那只有胳膊粗细的树干，让我疑心早已不是当年杨慎栽种的那些树了。

三位老人都已是耄耋之年，生活的重担压弯了脊背，脸上布满了岁月走过的痕迹，如同这满湖的莲藕、满园的桂枝，虽已迈进生命轮回的暮秋，却有过"十里荷花海""蟾宫桂飘香"的青春芳华。岳父、岳母虽有疾病,但身体尚可;父亲却已颤颤巍巍,右斜不稳,只能拄杖而行。老人们走走歇歇,步态蹒跚,兴致勃勃,毫无倦意。听父亲讲,20世纪70年代,他印象中的新都,满城都是桂花树,一到金秋时节,空气中处处流淌着桂花好闻的清香。吃桂花糕,喝桂花酒,徜徉在桂花的芬芳中,想想都是一件惬意舒心的事。2022年底,母亲没能抵抗住新冠疫情最后的肆虐,永远地离开了我们,父亲从此就长久地陷入哀伤之中。他常常提起母亲,讲述他们一起生活六十多年的点滴,回忆母亲的贤惠、能干与坚韧,说到动情处,语音哽咽,泪光盈盈。此时,他蜡黄病态的面容有了红润和笑颜。印度诗人泰戈尔在《飞鸟集》中有这样的诗句:"生如夏花之绚烂,死如秋叶之静美。"大自然的美好,在于生命的轮回;而人生的悲壮,在于生命只有一次。

杨慎自幼聪慧过人,又非常好学,再加上出身于书香门第,所以从小就受到很好的家庭教育。十年前,我在纪检系统工作的时候,曾经到他的祖居地参观学习家风家训。记得杨氏祠堂掩映在翠竹林中的川西民居,青瓦泥墙,木柱石磴,雕花窗棂,古朴典雅,堂上摆放有先辈牌位和家规训诫。一位五十多岁的中年男子是杨家后人,他向我们讲解了杨氏谱系延续脉络,以及"家人重执业,家产重量出,家礼重敦伦,家法重教育"等"四重""四足"族规内容。我认为,正是因为杨氏历来的清白传家,才有了"一门七进士,宰相状元家"的家族荣耀和清廉美誉长留人世。

杨慎虽然胸怀报国之志,但秉性正直刚毅,不畏权贵,使得其既失欢于皇帝,又结怨于权奸,政治才能难以施展。被充军云南的三十多年，他游历在四川、云南各地，不能与家人团聚终老。1559年，杨慎在戍所逝世。想当年他与黄峨在桂湖荷叶间碧水浣轻舟，赏红花剥莲蓬；在桂花亭吟诗品茗，沉醉在浓郁的馨香中，那是何等的快意幸福。而长年的孤星伴月，千里寄相思，那又是多么的痛彻难眠。我理解他壮志未酬、有家难回的郁闷和痛苦，但我更敬重他如莲藕般出淤泥而不染的高尚品格和寄情山水、悉心著述的旷逸情怀。

　　在古城墙上望断西南路，山势巍峨，天际苍茫，我仿佛看见面容清瘦的杨慎头戴六合帽，身着青布衣，手持邛竹杖，艰难地跋涉在川滇之间的高山河谷中，回眸的眼神中尽是坚毅和不舍。

擦身而过的黎表哥

知道自己有个姓黎的表哥,还是十来年前的事情。虽然后来偶尔有些交往和走动,但是感情一直不深,少了同胞手足那种血浓于水的亲情。对于表哥的种种人生境遇,很多都是听闻,却让我颇有些感慨。

初次见面是某年阳春的周末。小姑妈的儿子给我来电话,让我去孝感共和村他的老家,见一见从未谋面的表哥和表姐。我当时一听就蒙了,天上突然掉下个黎表哥,几十年都没联系过的亲戚。来到陈表弟修建在村委会旁边的小二楼洋房时,已临近中午。走到客厅门口,就看见一位穿着黑色皮夹克的陌生男子正躺卧在沙发上高谈阔论,旁边还有一位衣着时髦的中年妇女和文静清秀的小姑娘。进屋握手寒暄介绍,表哥姓黎,五十岁左右,身高体胖,大脑门锃光瓦亮,黝黑的皮肤泛着油光,大眼睛目光如炬,下眼帘仿佛吊挂着水烟袋,腆起的肚皮如大腹便便的孕妇,短粗的左手无名指戴着一枚金晃晃的戒指,一看就像是发过财的大老板。表姐及其女儿则要内敛含蓄得多,因为彼此还不太熟悉,有些拘谨腼腆。

通过摆谈,我方才得知,原来黎表哥的母亲是我父亲的堂姐，原本住在德新镇新棉村。由于大姑妈罹患脑瘤英年早逝，在公路养护段上班的大姑父在他们兄妹很小的时候就把他们带去了德阳县城，所以很多年没有音讯。大姑父是入赘上门的外地人，在德阳亲戚本来就少，前些年也离开人世，表哥一直想尽办法与乡下母亲这边的亲戚取得联系。经过多方打探，终于把割断了几十年的线重新连接上。

"今天我太高兴了，总算是见到了我的长辈和兄弟！"黎表哥紧握着我父亲的手，语气哽咽，有点点泪光在眼眶里闪烁，就像在外漂泊失散多年的孩子，重新找到了根，回到温暖的大家庭。

岁月唏嘘，往事不堪回首。在那个年代，因为家庭出身的问题，再加上父母早亡，父亲他们兄妹几个都是枯藤上的苦瓜，不敢走动相认，只能用形同陌路来掩饰内心的牵挂，用逆来顺受减少身体的伤害。后来条件环境好了，虽不再被人欺辱，也不再看人脸色，却已身心疲惫，缺少了彼此相亲相爱的激情与勇气。大姑妈在1972年就已离世，我连面都不曾见过。老实本分的大爷吃苦受累最多，花甲之年本该享享清福，却因不慎摔倒引发脑出血，当天晚上便永远紧闭了双眼。小姑妈从小体弱多病，一次牙疼得难受，随便找了个乡村游医，结果拔牙伤到神经成了半瘫，把小姑父父子俩折磨了好几年，她才撒手人寰。父辈兄妹四人，如今只有我父亲还健在，可也是耄耋老人，病痛缠身，如风烛草露。

三代人一起吃过团圆饭，留下联系方式和念想，彼此又多了份依靠和温暖。那年清明节前，我陪同父亲在麦田及油菜地间寻找黎表哥出生的老宅院，又在竹林盘已经废弃的墓地前焚香烧纸，对逝者祭奠追念。黎表哥与我单独接触不多，除了逢年过节偶尔见个面聚聚餐,对他的生活现状和家庭情况不甚了解,总感觉他有一身江湖气息,与我不是同路之人。而他知道我从事的工作及单位后,也是避而远之,加上年龄差距和对社会认知的差异,从不主动打电话联系。

听我堂兄讲,黎表哥之前在县属国营交通机械厂担任采购员,20世纪80年代末至90年代初时企业经济效益好,他也跟着吃香喝辣,小日子过得舒适滋润。后来他辞职下海,与一帮朋友往返俄罗斯做起边贸生意,赚得盆满钵满,算得上是德阳率先富起来的那批人。有了钱之后,黎表哥整天在外面花天酒地,沉醉在灯红酒绿之中,最终导致夫妻感情破裂,妻子抛下一对年幼的儿女离家出走。随着时光流逝、年岁增长,生意越来越难做,儿女年龄越来越大,曾经一起吃吃喝喝的酒肉朋友也逐渐走散在路途,黎表哥越来越感到孤独和无助,我不知道他对年轻时的轻率冲动是否曾经后悔过。有一年,黎表姐突得重病,医院的"120"急救车走错地点,耽搁了最佳救治时间,悲愤交加的表哥冲上去把司机狠揍了一顿,结果是黎表姐冰凉地躺在医院,他也走进了拘留所。这事还上了《德阳日报》。我看过这则新闻,也是后来方才知晓详情。一个天气阴冷的下午,我应邀去凯江桥头的茶楼喝茶,看见表哥一个人一杯绿茶孤坐在香樟树下,脸色青灰,目光呆滞,神情落寞。

最后一次关于黎表哥的消息是两年前。由于常年抽烟喝酒无节制,生活压力大,他不到六十岁便患肝癌晚期,阴阳两隔。匆匆赶到殡仪馆见最后一面,除了我们几个兄弟亲戚,还有就是主持大局的表姐夫,以及他的女儿、儿子和几个穿着打扮有些异类的青年男女。狭小的告别厅空旷清冷,我的心情亦如同初冬的天色苍凉、死灰。

有人说，人一出生就在开始做减法，就在朝着死亡迈进。也有人说，真正的死亡，是世界上再没有一个人记得你。话虽然说得残酷绝情，却也是不争的事实。活着只是暂时，我们都将告别人世，化为青烟和尘土。我已生命过半，演完了人生的上半场，经历过太多的悲欢喜乐与生离死别，年纪越大，内心愈发柔软脆弱。我希望天下人都能少些伤痛和遗憾，都能得到自己想要的幸福。可我只是一个平凡的工薪阶层，凭力气挣来微薄的薪酬，扮好自己的角色，养育呵护我的家人，无力向社会奉献更多的爱心。黎表哥与我擦身而过，血缘关系让我们有过短暂的交集，然后又按照各自的轨迹继续运行，仿佛平静的湖面扔了颗小石子，泛起过一阵涟漪。

当我写下这些文字时，眼前又浮现出黎表哥那略显浮肿和忧郁的面容，也许天堂对他而言何尝不是一种解脱。

Chapter 辑三

芍药花开

周敦颐《爱莲说》中说:"自李唐来,世人甚爱牡丹。"牡丹在唐代全国范围内的推广也最具代表性。台湾学者李树桐先生在《唐人喜爱牡丹考》中说到牡丹是由芍药接枝演变而来无疑,改木芍药为牡丹的人,是武则天。此时牡丹也仅是出现在长安等少数几个地方,即使在长安也主要集中于宫闱之内,数量稀少。但得益于大一统的盛世,喜爱牡丹的士子文人、僧侣迁客将牡丹带出长安,传播到了全国大部分地区。牡丹之爱便蔚然成风了。

提到牡丹似乎不可漏却芍药。历来有"群芳之中,牡丹第一,芍药第二;牡丹为花王,芍药为花相"的说法。早在《诗经·郑风·溱洧》中就有"维士与女,伊其相谑,赠之以勺药"的诗句。唐代诗人元稹曾写过:"去时芍药才堪赠,看却残花已度春。只为情深偏怆别,等闲相见莫相亲。"这样关于情人别离的诗句,想来古人给予离情总是透露出悲调婉转之唯美。《韩诗外传》云:"芍药,离草也。"意为情人在即将离别的时候互赠此花,寄托依依不舍的眷恋情怀,因此芍药自古就作为爱情之花,是"别离"和"多情"的象征。

汉魏之时,芍药已经拥有了一定规模的种植,但南北朝时期近三百年的分裂战乱，芍药的种植很难形成规模并较少出露于文学作品中。及至唐代，方迎来一个更好的发展期。至盛唐时期，唐玄宗广植花木于禁中，芍药的价值也随之水涨船高。中唐以后，芍药也逐渐飞入寻常百姓家，开始大面积地普及开来。《全唐诗》中现存有五十余首歌颂芍药的篇章，且集中在中晚唐时期，可知当时芍药已较为常见。

由于市场需求的推动，有条件的农民由种粮转向种花，成为专职花农。其中有两类花农：一类是"花卉猎人"，趁花开繁茂之际深入南山找寻名花异草，但有所得，即可入城出售王侯富贵之家换取金钱；另一类花农主要依靠自己种植花木，他们的数量似乎更为庞大一些。同时也正是这些花农，对花卉品种的培育、种植技术的提高和一些稀有花卉的普及发挥着至关重要的作用。

很难想象在战争频繁的隋以前，长达二百七十余年的大分裂时期花卉的种植发展。唐代建立之后，全国统一，社会得以安定，为花卉的种植推广提供了良好的外部条件。大一统王朝有效地集聚了全国的人力物力，而此时的王朝都城则很容易成为天下最繁华、物阜民丰的膏腴之地。花卉流动亦是如此。在唐代，各地名花异卉不断被进献到长安、洛阳，又从这两地扩散至全国其他地方。

我对芍药一直印象不深，只知道它是草本花卉、中国六大名花之一，与牡丹互为姐妹，被称为"五月花神"。在《红楼梦》里就有一段史湘云醉眠芍药茵的场景，只是很喜欢那种牵挂着淡淡愁绪的情怀罢了。谷雨前夕，应令华兄相邀，我与运刚、应斌、陈建等一帮文友，利用周末之际前往中江石垭子村，幽思怀古，到芍药谷寻觅那份妖娆和美丽。令华兄姓孔，乃孔子第77

代后人,生于中江石泉,与石垭子相邻,从小与芍药相伴,想必精瘦干练、双瞳剪水的孔令华,中江师校毕业后,曾在石垭子小学任教十余载,熟悉这里的一草一木,饱经风霜的他对芍药定有着更多的感慨。

山峦在群山的皱褶里起伏,像大海里的一群群鲸鱼,在瓦蓝的深处潜泳,一层层的波浪在阳光下翻卷。车过会棚,须臾之间,便有一块块羽状叶子的黄绿之物呈现在眼前。抵达石垭子时,已是繁华盛景,人拥车挤。下车步行,道路两旁人声喧闹,一群农妇手持自编花环,热情地向爱美女性兜售。满眼处,山坡上绿叶织就的地毯上花团锦簇,一朵朵芍药花白如雪、红如胭,似繁星点点,又似霓虹闪烁,姹紫嫣红,美不胜收。那笔挺的花蕾状若圆桃,含苞待放粉红娇嫩;盛开时大如握拳,瓣红蕊黄,妩媚艳丽。轻风吹过,绿波摇曳,花枝招展,馥香之气扑鼻,让人神清气爽、心旷神怡,忘却尘世中几多烦恼。"浩态狂香昔未逢,红灯烁烁绿盘笼。觉来独对情惊恐,身在仙宫第几重。"韩愈那种人间仙境的迷醉,恐怕与我此时的感受无异吧。

据令华兄讲,中江集凤镇以白芍药为主,面积有上万亩,早在20世纪50年代就已开始种植。从他记事起,每年秋分时节,他的父亲都会把芍药根悉数刨出,洗净后用沸水煮透,去皮晾干,然后坐火车南下广州卖给药商,解决一家人的生计。芍药根是传统中药材,具有补血柔肝、平肝止痛、敛阴收汗等功效,可治疗阴虚发热、月经不调、泻痢腹痛等病症。

在田间与村民的交谈中,我们得知,芍药每四年采挖一次,芽做种,根入药,可以分售,每亩地大约收入两万余元。在开展党的群众路线教育实践活动期间,省委领导联系这里,走村入户实地调研后，鼓励大家把它作为增收的重要渠道，可以大面积种植，并要求县委、县政府加强基础设施建设，给予资金及政策上的大力扶持。从此以后，山民们告别了靠天吃饭的日子，把原来的小麦、玉米地和旱坡地全部种上了芍药，修起了水泥公路和蓄水池，办起了农家乐和停车场。每当春夏之交，满山遍野的芍药花次第开放，慕名而来的游人带来了可观的收入。秋天刨收后，县制药厂又上门收购芍药根，再也用不着离乡背井外出打工挣钱了。

连绵的山峦树木成林，平缓的山沟翠绿环绕，一幢幢白墙灰瓦的楼房整齐排列，掩映在青山之中，水泥路如一条银带在群山间盘旋，在花海中舞动。坐在农家小院，吃锅边杂菜馍馍，尝折耳根拌胡豆，品西眉春老酒，身旁树上玉润的樱桃似珍珠玛瑙，麻柳树翡翠的花串如少女垂吊的耳坠，大槐树飘来淡淡的药香，我仿佛来到了桃花溪，与陶渊明把盏言欢。

人生的这场故事里，总有一些人和事要纷纷离去，留下牵挂与记忆。若是可以，我也想寄一份离情于芍药里，不为看却花残，只待来年春，也可再见。

绿枣如歌

川西坝子六月初的乡村,晴空万里,黄灿灿的麦粒和黑油油的菜籽已颗粒归仓,田间地头绿茵茵的水稻、玉米苗,孕育着新的希望。我们沿着乡村柏油路,前往凯江河畔的东美村,探访绿色枣种植专业合作社负责人唐育安。

走进枣园,起伏的山坡上修剪过的枣树郁郁葱葱,把紫褐色的土丘铺上绿色的地毯,树皮灰黑皲裂,树干虬枝如卧龙,那椭圆形树叶的绿由浅到深演绎着成长的历程。在叶子中间,米粒一样的花骨朵儿竞相开放,一簇簇金黄色的小花挤满枝头,显得那么茂密,那么富有生气。微风一吹,阵阵浓郁的甜蜜香味便迎面扑来。

头戴草帽,正在查看枣树长势的唐育安从林中走来迎接我们,灿烂的笑容挂在脸上。唐育安中等身材,皮肤黝黑,一双大手粗糙有力。难以想象,满头黑发、笑声爽朗、地道老农打扮的他曾经担任乡镇领导多年,而且年近古稀。看得出来,他已经下地好一会儿了,胶鞋上沾满了泥土。

出生于 20 世纪 50 年代初的唐育安是本镇青泉村人,中学毕业后回到家乡这片熟悉的土地,从生产队会计、村主任做起,曾任职双东镇党委委员、副镇长十余载。2005年底乡镇撤并时，他响应号召离岗退养，与家人合计，利用国家退耕还林政策，在东美村流转了五十亩荒坡山地。通过广泛搜集干果市场供求信息，并请专家分析土壤化学成分，确定了种植新品种枣树的发展思路。他把镇上的房子卖掉作为启动资金，与老婆和一对年龄尚幼的儿女搬到荆棘满布的山上，结庐而居，重新做回农民进行二次创业。"我是土生土长的农民，本来就喜欢下地劳动，这辈子怕是离不开这块土地了。"行走在水泥硬化的林间小径，唐育安温情的目光停留在树梢，言语中充满了眷恋和深情。

谈起艰辛的创业史，唐育安习惯性地搓着双手，眼眶有些湿润，这其中的酸甜苦辣，也许只有他自己才能真切品味。当年他鼓足勇气放下干部的身份，在人们不解的眼神和冷言冷语中，拖家带口远离繁华，与妻子披星戴月开荒除草、打桩挖窝、栽树修塘，衣服常年被汗水浸泡，手脚的血泡磨破之后长出厚厚的老茧。可能曾经有过一丝后悔，但我相信他从来不曾退缩。一分耕耘一分收获，嫁接修剪、浇水施肥、防病治虫，经过几番打拼，摸索总结，终于使青如碧玉的蜜枣在贫瘠的土地上压满枝头。新增加了五十亩租地后，为了方便管理，唐育安主动找到相邻的五户人家，动员他们改种枣树，把靠天吃饭的薄地变成了旱涝保收的聚宝盆。并于2008年牵头成立了合作社，组织返乡农民工、老弱病残户等抱团取暖，互帮互助，同时倡导绿色生态环保食品理念，做到优良品种、技术规程、田间管理、质量检测、产品包装、商标品牌等"六个统一"。到2019年底，合作社有社员一百三十五户，种植面积三千余亩，年产量达八十万公斤。

间种的油桃面颊嫣红，杏子、枇杷已被采摘一空，核桃伸出圆圆的脑袋吮吸着阳光的乳汁，海棠花红似血，仿佛空气在燃烧。有花斑纹的白色蝴蝶翩跹起舞，相互追逐；蜜蜂嗡嗡震动羽翅，扑向花蕊。一群麻黄色的土鸡在树荫下悠闲散步，对过往游人热切的眼神熟视无睹，见惯不惊。正在林间抹芽摘心、控枝疏叶的村民，对我们报以微笑，热情地与唐社长打着招呼。从他们炽热的目光里，我看到山乡秀美的烂漫景色、淳朴的劳动热情。

"水果品种更新换代很快，必须要加大科技投入，前面这排房子就是新修建的良种枣苗培育室。"唐育安指着山坡上笼罩着塑料薄膜的平房，颇为自豪地说。白色的房子像一艘帆船，在绿色的海洋中乘风破浪，驶向幸福的彼岸。为了提升口感和品质，他聘请了西南大学农学专家，进行技术创新和品种改良，培育出口感更加细腻香脆、营养价值更高的富硒 SOD 枣，深受消费者的欢迎和好评。因此，他曾两次应邀到北京参加全国科学技术大会。

"一枝独放不是春，百花齐放春满园。"行走在致富快车道的唐育安没有忘记还处在贫困线上的父老乡亲。从 2014 年起，他先后为中江县元兴镇、广福镇、万福镇和越西县铁西乡贫困户免费送去两万多株优质树苗，价值数十万元，并多次往返奔波，无偿提供技术指导和有机肥料。与此同时，他联系帮扶德阳市旌阳区范围内的藏族、彝族、回族等九个民族、二十三户少数民族困难家庭，为他们订阅《农村百事通》《农家致富》等刊物，编印技术培训教材，提供资金、肥料方面的支持，还帮助他们通过电商平台等进行线上线下对外统一销售，走共同富裕之路，促进了民族大团结。

上千亩果树种植形成规模后，唐育安又修房造屋，与女儿一道开起了农家乐,在集雨抗旱的池塘养上鲫鱼、草鱼,用来垂钓,吸引人们前来登山踏青挖野菜。还举办金秋采果节活动,让长期居住在钢筋混凝土建的牢笼里的市民逃离城市,透气纳凉,放飞自我;采摘树上新鲜的水果,品尝农家柴火鸡,购买土特农产品,体验乡村悠闲的生活,寻找那份渐已远逝的乡愁。

"为什么想起开农家乐呢?"我好奇地问。

"这是一举多得的事情。既可以增加收入,又拓宽了销售渠道,还有就是平常举办种植技术培训,召开各种会议,以及年末岁首时请当地孤寡老人吃团年饭,也方便多了。"唐育安自然有他的心思。

在双东镇场镇口的半山腰上,有一座被称为美女庙的古建筑。相传是为纪念古时候本地一位不畏强权、美丽善良、不计报酬为普通百姓诊疗治病救苦救难的周姓女子而修建。东美村因毗邻美女庙东北方向而得名。唐育安等致富带头人为这个美好的故事注入了新时代的内涵。

临近中午,天空艳阳高照,显得格外澄澈干净。我站在山顶极目四望,叠翠的山峦此起彼伏,凯江河如一条白色丝带九曲回肠,村舍绿树掩映静谧安宁,花园式的农家乐车流不断,"呱呱"叫的白鹭和"咕咕"叫的鹁鸪彼此应答附和。阵阵清风吹过,一颗颗翡翠般的青枣在树叶间隐现,就像一串串如歌的音符。

枇杷山庄

立夏过后,气温回升,雨水增多,万物生机勃发,是川西坝子抢收小麦油菜、抢种水稻秧苗的大忙时节;而历经寒冬霜雪的枇杷,也跟随五月的阳光,迈入灿烂的辉煌。

受巫应亮之邀,我重回故地,来到旌阳区黄许镇广平村枇杷山,回味绵软多汁的鲜美。从德阳市区沿 108 国道北上,过黄许河坝街下穿成绵高速路桥洞,便是龙泉山脉与成都平原的交汇地带。起伏绵延的山峦平地而起,走向苍茫。山垭口的乡村公路旁,密密麻麻地停放着几十辆本地或外地牌照的小汽车,人们三五成群,呼朋唤友,朝着山坡绿林行进。丝丝细雨,柔柔软软,湿纸一样蒙在地里、房顶、树梢和山上,却无法浇灭人们勃勃的兴致。

停车到村口,碰到村党委书记陈丽华。陈书记满脸热情,递上一盒标有姓名、编号、联系方式的枇杷,说今年枇杷节的品果比赛刚结束,让我也来当一名编外评委,提点建议和意见。二十多年前我在黄许镇任团委书记的时候,她还是村上的团干部,一个斯文秀气的见到陌生人都要脸红的新嫁娘。现在却是一个要操心四千多村民发展生计,风风火火、干练泼辣的致富领头雁了。

"这两年的枇杷节规模小多了。那几年才热闹呢,评选果王、比赛吃枇杷、演出文艺节目、展销农产品,来的人好多哦!"陈书记有些遗憾地望着翡翠般连片的枇杷林,似乎还沉浸在那些人潮涌动的火热场景中。

告别陈丽华书记,我们走向村庄房舍背后的山丘。逶迤的山路曲径通幽,蛇形般爬向树林葱郁的深处,颇有些"山重水复疑无路,柳暗花明又一村"的意味。道路两侧的园子里,枇杷树粗壮茂盛,层林叠翠,青枝绿叶间,金黄色杏子般大小的枇杷已挂满枝头,如绿色的天空繁星闪烁,云雾里飘浮着一盏盏金灿灿的小灯笼,煞是诱人。慕名前来的游客或入园中亲手摘剥一颗枇杷放在嘴中,愉悦地享受枇杷的香甜可口;或与路边售卖的果农讨价还价,挑选心仪的果子带回去与亲朋好友共享。在受益于扶贫政策的原建档立卡的贫困户肖前英的枇杷果园,我摘下一颗粉白圆润、有五星凹状的枇杷,酸酸甜甜的果肉耙和(四川方言,软)如饴,满口生香,味道甘美。

来到枇杷山庄,庄主巫应亮已在大门口等候多时。作为枇杷种植专业合作社曾经的理事长,面相精瘦、牙齿黢黑的巫应亮算是老熟人了。20世纪90年代初,从湛江海军陆战队退伍回乡的巫应亮,被镇政府招聘为林业站合同工,开始了与林木水果几十年的情缘,他的办公室就和刚参加工作的我的门挨着门。

1998年春,巫应亮通过朋友介绍,到成都龙泉驿参观五星枇杷种植基地。当他了解到枇杷成熟的季节,如织的游人带火了当地旅游、餐饮、农产品销售、印刷包装等相关产业时,心里就在想,两个地方的地理条件都差不多,为啥我们不可以也搞枇杷种植呢?

枇杷，又名芦橘、芦枝，因其叶子状似乐器琵琶而名。唐朝诗人白居易曾用"淮山侧畔楚江阴，五月枇杷正满林"的诗句描述枇杷将熟的盛景。那时的枇杷是稀罕物，都知道除鲜食外，可以制膏、酿酒，有润肺止咳、健胃清热之药效，但栽种不多，川西坝子只是少数农家房前屋后零星有几棵。回到村上，他把自己的想法告诉邻近的几户社员。大家都在摇头："还是算了，那东西好是好，问题是一没技术，二没本钱，万一搞砸了咋办？婆娘娃儿只有跟着去喝西北风！"

"我是一名党员，又是复退军人，难道甘愿让周边乡亲们守着穷山坡过一辈子？"说干就干，巫应亮拿出军人的豪气，做通家里人的工作，将自己的转业费和所有积蓄取出来，准备大干一场，用实实在在的成效示范引领群众致富奔小康。

他的想法得到区、镇农业部门的大力支持。1999年春，经过土壤检测，以及常年气温和降雨量比对，巫应亮在广平村承包了四十亩荒山，聘请龙泉驿的林果专家任技术员，自己率先种植，成为黄许镇第一个吃螃蟹的人。

栽植、嫁接、追肥、修剪、疏花、防病虫，原来长满荒草荆棘的山坡，在巫应亮及家人的日夜劳作、精心呵护下，小树苗茁壮成长，让紫褐色的土丘披上了绿装。三年后，长成的枇杷树垂挂起一颗颗卵形的金弹子，惹人喜爱。巫应亮又在枇杷山林中搭起凉亭，建成农家乐，自封为枇杷山庄主，诚邀各地朋友品尝、游购和休闲。当年5月开园，即刻引起了德阳市区及周边好吃客的关注。人们蜂拥而来，在碧绿葱翠的丛林，踏青赏景，品果茗茶，喝枇杷泡酒，吃树下散养的跑山土鸡。酒足饭饱，意犹未尽，携带亲手采摘的枇杷鲜果，披着余晖踏上回家的路。

周边观望、犹豫的群众心动了，纷纷上门打探取经。巫应亮毫无保留地帮助指导他们，有问必答，有求必应。广平村过去是市级深度贫困村，镇党委、政府顺势利导，决定以枇杷山庄为龙头，鼓励枇杷种植，大力发展旅游观光农业，并积极争取上级对村道硬化、坡改梯工程、集雨节灌池的建设，以及对重点长防林和退耕还林等项目的实施。几年下来，全村连片大面积栽植一千二百多亩枇杷，把靠天吃饭的山坡坡变成了不惧旱涝的银窝窝，红苕玉米地长出了摇钱树，成功摘掉了贫困村的"帽子"。

为了加强果树管理，防止无序竞争，维护绿色生态品牌，巫应亮与大家合计，将五个村民小组、一百一十五户种植户组织起来，成立德阳市诚至种植专业合作社。合作社常年开展技术培训，协商交流植保管护和经营销售等事项，并坚持每年举办枇杷品果节。

在黄许镇工作期间，我曾参加过一次品果盛会。当时的活动规模不算太大，参选者也是评判者，种植户把各自的产品用筐装好放在一起，通过对外观果形、口感糖分、农药残留等方面综合评比打分，评选出"果王"，并授牌奖励。技术专家还现场对参评枇杷进行点评，指出存在的问题及原因。我记得现场气氛非常热烈，果农们情绪很高，货比三家找差距，他们茅塞顿开，受益匪浅。

土地是诚实的，你对它付出得越多，回报就越高；你对它耍诈使假，它也会豁（骗）你。巫应亮告诉我，枇杷树栽下去以后，管护很重要，尤其是追肥这个环节，每年需要两次左右，最好用腐熟堆积的有机肥料。如果贪图方便施用化肥，成熟的果子看上去个大色润，其实是绣花枕头，口感酸涩，甜度不够。做人

何尝又不是这样呢？只有经历过风雨，才能看得见彩虹，没有人能随便成功。

　　临近中午时分，微雨已停歇，阴霾的天空中透出亮色。枇杷山下高速路车辆疾驰而过，农舍有袅袅炊烟升起，熟透的麦浪一片金黄。收割后泡水的油菜田，波纹微漾，一位老农披蓑戴笠，牵牛扶犁，正在准备下一场的收获。

高槐书院

一个开餐馆的厨师藏书几十万册,还在乡村建有像模像样的书院,供大家免费阅读,没听说过吧?在德阳市旌阳区的高槐村,就有这么一位"不务正业"的"书虫",而且还被评为了2021年全国"乡村阅读榜样"。

春暖花开,通过朋友联系,我与书院的主人舒銮兵约好,前去打探个究竟。驱车从德阳市区出发,跟随德中公路一路向东走进茫茫的山林,不一会儿就到了乡村旅游"网红打卡地"——高槐村。从写着"旌韵高槐"几个大字的入口顺道而下,创客中心、高槐故事馆、田野秀场、民谣小院、染云山房一一在眼前闪现,各种招牌的咖啡屋、私房菜馆飘来香甜的气味。前来休闲的游客人头攒动,在整治后的寿丰河边人行道上散步、赏花,在咖啡馆、草坪、树荫下围桌而坐,打牌、喝茶、聊天,一个个神情极为放松。

沿着蜿蜒的沥青路上行,来到一栋掩映在树林中的两层灰色建筑的小院,书院的主人已在门口等我。舒銮兵五十岁左右,个子不高,寸头圆脸,皮肤白净,显得很有书卷气,让我难以同一个长期与油烟打交道的厨师联系起来。走进青砖灰墙的小院,右手边一间大玻璃藏书房前,"四川省红色文化收藏协会德阳分会"的吊牌醒目扯眼;桂花、银杏绿意葱茏,睡莲、月季花开艳丽,石磨盘在阳光下研磨时光;抬眼望,大青山巍峨苍翠,金黄的油菜花层层叠叠,与苍松翠柏相映成趣,如泼墨流彩的画卷。在复古风的阁楼里,一排排木质书架上摆满了各种书籍,几乎塞满整个空间,夹在"书山"中的人行通道狭窄低矮,空气中弥漫着旧书的那种墨香味,全然是一座"精神粮仓"。在二楼,还有几间有桌椅的书房,供大家在这里阅读。几位慕名前来的市民手捧书卷,或坐或站,在书海中享受周末的闲暇时光。

我也是个爱书的人,家里藏有几千册图书,虽然与这里相比犹如沧海一粟,但我喜欢闻着墨香,手与纸张轻轻触摸,静静地与文字心灵交汇,揣摩作者创作时的心境,享受阅读带来的乐趣。现在电子书籍很多,携带方便,信息量也大,却总觉得缺乏温度,像隔靴搔痒,读起来不够酣畅。记得博尔赫斯曾说过,如果有天堂,那应该是图书馆的模样。在这喧嚣的尘世,独自一个人静静地消磨翻动书页的时光,即便是只字未读也是幸福的。

"书院占地六百多平方米,有十三万多册图书,这些书都是我多年收集的。"舒銮兵告诉我。书籍的种类涵盖了方方面面,主要有文学、历史、哲学,还有音乐、医学、农业等。书院以旧书、旧杂志为主,跨越了多个年代,这其中就包括了六千多册杂志的创刊号。20世纪80年代,杂志出版非常兴旺,全国各地创办了不少杂志,许多人家里也有订杂志的习惯。在当时,舒銮兵就有意识地收藏各种杂志的创刊号。"我在收杂志的消息很多人都知道,一些藏家手里要转卖的,都会来找我。"舒銮兵说。我看见包括《读者》《中国国家地理》等杂志的创刊号,都价值不菲,在十多年前就卖到五六百元一本。而另一些杂志,早已休刊了,只有在舒銮兵这类的藏书家手里,留下了曾经存在过的历史痕迹。

这些年,收藏这些书,究竟花费了多少钱,舒銮兵也没有仔细算过,但粗略估计,怎么都超过了百万。"我买书纯粹是因为自己爱书,这些书没想过要转卖,也不关心到底值多少钱。"舒銮兵显得很随意。

出生于德阳一个农民家庭的舒銮兵,小时候大量接触书的机会不多,所读多为武侠小说和连环画,这使他心里埋下了爱书的种子。

高中肄业,为了生活,舒銮兵到一家公司当业务员,利用出差的机会,为自己攒下了"第一桶书"。后来,舒銮兵去学了厨师,自己开饭店,有了更扎实的经济基础支持自己买书。他说:"别人挣了钱,都是花钱买车、买房,游山玩水,打牌娱乐,我都用来买书了。"语气淡然,却难掩他内心的自豪感。

多年前,德阳一个工厂拆迁,厂图书馆也要关闭,馆藏的书籍无路可去,舒銮兵得知后,将这一批近两万册图书全部买了下来。"他们问我买不买,如果不买,这些书就只有被卖到废纸厂打成纸浆,太可惜了!"后来,当地一所学校搬迁,图书馆的书,也被舒銮兵全部打包买下来。正是由于不断"大手笔"买书,舒銮兵收藏的书越来越多,已经有二十多万册,家里、仓库都快堆满了。

"书要让人看才有价值。"看到这么多藏书,舒銮兵一直希望能建一座书院,让人阅读。

几经寻找,他最后找到高槐村一处废弃的农家。经过改造,高槐书院于 2020 年 4 月对外开放。舒銮兵分了好几批才将家中大约十三万册书搬到这里，还有七万多册放不下，仍旧留在家中和仓库里。

高槐书院目前主要由舒銮兵和儿子负责打理。不管是村里人还是游客，不管是来一杯十块钱的清茶或者咖啡还是啥都不喝，都可以随时来看书。想要借走，登记一下即可。不远处他正在准备开个鱼庄，用鱼庄挣的钱来养书院。他微信的个性签名这样写道：你若喜欢看书，我请你喝茶。

舒銮兵告诉我，高槐村因村头垭口有两棵大槐树而得名，曾经是市级贫困村。现如今，当地政府积极探索乡村全面振兴路径，凭借良好的近郊区位优势和丰富的生态资源，强化智力支撑，高标准规划文创小镇空间、产业和功能布局，汇聚新农人点亮乡村，构建起新农人众创共建新模式，实现无名小山村从咖啡小镇向独具特色文创小镇蝶变。从 2014 年不远咖啡落户以来，已有五十多位新农人在此聚集，依托咖啡主业，引进乡村音乐、青溯植染、高槐木刻、"非遗"德阳潮扇等新业态企业数十家，丰富"吃住游购娱"等全方位体验，并获住建部第四批"美丽宜居村庄"、省级"四好"村等称号。蓝天白云下，民谣乐队行吟田间，一缕缕蓝白相间的蓝夹缬随风轻舞，城里人来此寻回乡愁，村民归巢就业创业，洋溢着乡村小康生活的诗意，成为一个充满浪漫和幸福的地方。

"下一步想把图书跟村里正在发展的旅游结合起来，打造以读书为主题的民宿，同时举办一些读书及文学作品研讨活动等。"舒銮兵畅想与市区文学社团合作，不断增强浓郁的乡村文化氛围。

舒銮兵说："知识改变命运，阅读点亮人生。"他希望自己的书院能吸引和他有着相同爱好的人群，让乡村里的人能够有更多的书看，让今后去外地读书和工作的家乡的孩子们，能满怀温馨的记忆，记得自己的老家有个书院。

村史馆的乡愁

"学大寨,赶红光。"相信现在年龄超过五十岁的德阳人对这句话都不会陌生,因为那时的红光村是一代人的记忆、老德阳的骄傲。

20世纪六七十年代,德阳县孝感公社红光大队干部群众发扬自力更生、不怕苦累的奋斗精神,用五年时间把全大队一千八百多亩冬水田改造为旱涝保收的双季田,不断增加粮食产量,农业耕种机械化程度高,多种经营、畜牧养殖和社队企业也有很大发展,农民纷纷搬进了集体统一修建的楼房,被四川省委誉为"农业学大寨"的一面红旗。当时流行有"平坝学红光,丘陵学化林(现剑阁县鹤龄镇化林村)"的说法,全国各地参观学习者络绎不绝。2007年,红光村与伏凤村合并,改名为红伏村。

我出生在孝感公社东北方向的共和大队,与红光大队遥相对应。从记事起,我就对生活在红光大队的社员非常羡慕。年少时曾到过此地,看见宽阔的柏油马路和一栋栋红墙灰顶的拱形楼房居民点,更是向往之极。当时人们想象中的共产主义社会就是"楼上楼下,电灯电话"。要知道我们走的是泥路田埂,住的是土墙草屋。

作为旌阳区的乡村振兴示范点,红伏村依托都市农业发展优势,充分利用独特的自然和历史文化资源,推动农文旅融合发展,建设生态宜居的田园乡村,创建成为四川首批省级示范农业主题公园,上榜中国乡创地图,再一次成为时代的弄潮儿。为留住历史,铭记乡愁,红伏村积极组织开展村志编纂,认真思考谋划村史馆布局,让其成为全村文旅产业发展响当当的招牌。

火红的七月,烈日炎炎、酷暑难耐,我与村党委书记尹显东相约,前往村史馆参观,寻找那一抹远去的乡愁。"红光印象"的乡村彩油路将我引向深处:木春菊沿途怒放,产业园玉米丰满挺直,枝丫间的蜜橘像一盏盏橘红的灯笼,成熟的雪梨、羌脆李、猕猴桃清香诱人;黄土河水清冽,河岸绿树成荫,青草茵茵,燠热中透出丝丝清凉。穿过"归去来"多肉网红主题餐厅,就是前庭后院的村民聚居区,房前果蔬葱茏、鲜花盛开,屋后竹树茂密、溪流环绕。在月亮湾森林公园旁,尹书记正手指豆荚式棚顶的三尺集和堰河上的火炬雕塑向一群参观者解说。接待完毕,尹书记赶上前与我握手寒暄,一双大手温暖有力,敦实的中年汉子淳朴可亲。

二层红砖楼房的拱形长廊精致典雅,进门直接面对的第一展厅便是党旗下金光闪闪的入党誓词,从右至左分别展示了全村基本情况、历年来担任村书记的个人照片及时限、1949年以来村上发生的重大事件,以及红光村村名的由来。让人仿佛穿行在时光隧道,跟随领头的大雁艰苦创业、走向幸福。第二展厅是当年知青学习农业技术、社员生产劳动、各级领导关心视察,以及原大队委、大礼堂等讲述"红光记忆"的照片、资料。曾经使用过的粮票、布票等票证和印章,以及搪瓷盅钵等老旧物件,令我不禁想到了小时候的生活场景，倍感亲切和熟悉。告别历史回忆，我来到第三展厅。乡村振兴中的"三变改革五社实践"、乡村旅游全景规划、致富带头人、乡贤名仕风采，以及特色产业及其产品，使我重新认识了新时代继续领跑的红伏村。最后一个展厅是农家书屋，紧挨乡村书画馆，陈列了政策法规、种植养殖技术、文艺作品、地方文史等书籍，村民和游客在阅读之余，还可以现场提笔吟诗作画。

村史馆建成之后，尹书记明显体会到了村民的自豪感。劳作之余，他们常到村史馆转转，还捐献出家中收藏的老物件，有外地亲戚或游人来参观时，甚至会主动做向导和解说。他认为村史馆不仅记录村庄的历史，还让村民对自己本村的历史文化产生认同，珍惜来之不易的幸福生活。在村史馆前的广场，村民白天售卖自家的蔬菜土特产，夜幕降临后在动感的音乐中舞动腰肢，享受生活带来的惬意。

依托村史馆一起发展的是当地的餐饮住宿等产业，人们可以在农家乐吃柴火饭，在竹林品茶喝咖啡，在果园采摘水果，在小河里抓鱼玩水。家住村史馆附近河边的杨守贵，就是回乡创业者之一。他看到游客日渐增多，与家人商量后，毅然放弃在外打工挣钱的机会，将老房子和院坝修缮整饬，开起农家小院餐厅，用自家种植的环保蔬菜和养殖的生态家禽，让四面八方的"好吃嘴"乘兴而来，满意而归。据悉，红伏村现已引进"勿忘我花海"等主题的农庄十四个，染云美院等餐饮、研学基地及文创景点三十五个，让人们在休闲游玩中与大自然亲密接触。

我觉得村史馆是乡村公共文化服务体系中具有重要情感属性的地方。村史馆用一幅幅图片记录进程，由一件件物品讲述历史，那些"老物件"的背后往往有着一段难忘的故事，不仅记录着乡村重要的历史事件，也饱含着普通群众的记忆和情感。可以说，村史馆既是社会发展、时代变迁的见证，也是后人了解村史、寻根溯源的场所。

"村史馆是乡土文化的根，我们要让村史馆真正成为留住乡愁、激活记忆、传承文化的重要阵地，不断赋予其新的时代内涵和现代表达形式，激发人民群众对建设美好家乡的使命感。"尹显东书记表示，他对未来充满信心。

村史馆像一根线连接你我的过去、现在和未来，又似一条船承载着浓浓的乡愁。走出村史馆，廊道边一串红花正燃烧着簇簇火焰，黄土河高大的麻柳树挂满翡翠元宝，槐树洁白的花朵送来阵阵幽香。我看见童年的我，光着屁股在小河边爬树嬉戏，欢笑声惊飞雀鸟。

高景关外古茶香

如果不是这次到什邡的洛水镇,我就不知道四川有名的高景关在这里,也不会知道有上千年历史的野生古茶。

清明时节,章山下、洛水河畔的朱家桥村空气清新,春色怡人。蔚蓝的天空透明澄澈,青山如黛,山峦如眉,墨绿、翠绿、嫩绿的山林层层叠叠、深浅不一,仿佛是翻卷着绿波流向天河的湖泊。我们换乘越野车,沿着山路上行,那真是惊险。小路顺山势盘桓,就像一条蜈蚣爬行在嫩芽初上的松柏丛林,倏尔出现,倏尔消失。悬崖深壑就在车窗边,隔着一层玻璃而已,吓得车上的人直呼慢点慢点,跑惯山路的司机却不以为然,开得如履平地。行至山腰的古树茶坪,碧绿葱翠的茶树散落在山坡、沟壑中,黑褐色的茶树干上,斜生出许多弯曲苍劲的虬枝,向四面伸展。叶片是椭圆的,拇指大小,厚实肥阔,绿得仿佛要流油。嫩黄的芽叶从枝丫间探出头来,小鸟嘴般吮吸春天的芬芳。姑娘们扎着蓝布头巾,围着蓝布裙,斜挎竹兜,柔嫩的茶叶在指间摘落,淡黄色的阳光晒得人浑身煦暖,葱茏的茶地像是天空的倒影。这样的时候,山坡上会飘荡着古朴的茶歌。

围坐在六角茅亭,袅袅茶香从陶瓷杯中飘出,新鲜炒制的茶叶如小蝌蚪般浮出水面，茶汤乌润红亮，唇齿间香气馥郁，滋味醇厚。抬头望远，白云下苍莽的群山连绵起伏，像巨大的手臂呵护着千里沃野，洛水河从关口奔泻而出，如玉带回环流向远处，颇有些"行到水穷处，坐看云起时"的壮美景致。

随同上山的当地人告诉我们，高景关位于川西平原与龙门山脉交会处，作为古蜀王朝居住在九顶山高阳氏（颛顼帝）部落的支系，因山地与平坝的分界线而得名。据《华阳国志》记载：什邡县，山出好茶，杨氏为大姓，美田，有盐井。北宋时期范镇所写的《东斋记事》中记述"蜀中名茶者八处"，其中"汉洲杨村"，说的就是洛水出瀑口的高景关外南山下的朱家桥村这一片原生态茶园。近年来，镇上利用古茶资源优势，积极打造茶文化经济，助力村民脱贫攻坚，让深藏闺中的古茶走出大山。

有什邡文化人撰文述及，野生古茶应溯源到两千多年前，当年李冰率众人在高景关烧山炸石，疏浚河道，把洛水河像都江堰宝瓶口一样一分为三，分别导入朱堰、李堰、火烧堰，流向绵竹和什邡，集泄洪、灌溉于一体，解除常年水患，科学治水、道法自然，应变为民。当地百姓用河水熬制该茶树叶，为治水功臣和民工解渴。那时的古茶何时传到外地，后来的茶马古道又如何翻越九顶山顺着李冰的竹筏水路到达洛水镇，则与一位杨姓山民有关。

相传东汉年间，村子里有一户杨姓人家，杨老汉喜欢上山采摘树叶制茶泡喝。有一年的冬天，一个成都商人在饥寒交迫中流落至此。杨老汉用一碗热茶汤挽救了他的性命，并赠送盘缠助其返家。待生活安顿后，一直念念不忘的年轻商人四处打探救命恩人。一路走，一路问，山村香茶就被他的一张嘴传到了山外。每年四月，洛水古镇骡马铃铛响，远近茶商纷至沓来，在附近的茶社旅店住下，进山收购茶叶。

古茶属红茶系列，与关内红白镇的白茶相得益彰。过去以粗茶居多，远销青海、甘肃、西藏，还出口印度，谓之"边茶"，理所当然是茶马古道的支流之一。

山下李冰广场附近的大王庙，是当地人为纪念"导洛通山，洛水或出古瀑口"的秦国蜀郡守李冰而修建的。章山，古时称为洛通山。工程完成不久，李冰溘然长逝，安葬于洛水之滨的章山之麓。《蜀中名胜记》中曾经记载章山后崖的坟墓前有块石碑，石碑上刻着：秦李冰葬所。庙宇依山而建，山门红墙灰瓦，翘角飞檐，显得气势雄伟、庄严肃穆。庙内古树参天，高低错落，并有李冰塑像：李冰宽袍大袖，左手握一卷册，右手捋着胡须，神情凝重地注视着远方。

好山出好水，好水育好茶。茶是水最美的风景，水是茶久等的归人，茶与水的缘分，仿佛是前世的情人，等待一场千年的约会。一生只等一壶茶。我想，正是有了洛水味如甘饴、李冰父子的护佑济世和老百姓的淳朴善良，才有了古茶的馨香，也才有了人世间的温情满溢。

老茶树隐没在杂树荒草之中，晨饮露珠，夜宿星河，云遮雾绕，恬淡宁静。我用树枝刨开蜿蜒狭窄的山路，路基和石头上依稀还有马蹄印和鸡公车辙痕，这无疑就是通往茂汶藏羌之地的茶马古道的痕迹了……

云盖山村

阴郁多日的天空终于停止宣泄情感的眼泪，星期天早上露出晴朗的笑脸。在绵竹市广济镇的云盖村，我们刚完成地方志书的集中改稿，心情如此时明媚的阳光。吃过早餐，我决定独自上山，看看大山背后的风景，满足被雨水、浓雾隔断的好奇心。

走出四合院的云水居农家乐，虽已是 8 月末，院墙上紫红色的三角梅花团锦簇，蓝花雪如神情忧郁蓝莹莹的雪片，凌霄花还有依稀的残红。前几日在雨地里见到的千足虫应该是爬累歇息去了，昨夜纺织娘的呓语也消失得无影无踪。抬眼望，四面环绕犬牙交错的山峦，让人仿佛置身于锅底，均匀的青蓝色染满整个天空，几股絮状的白云随意摆放，好像是整洁的桌布上散落的棉花糖。没有风吹过，暖暖的湿气中透着清爽，仿佛煮沸后放凉的新鲜牛奶。

水泥铺就的山路盘桓逶迤，周围阒静无人，空旷安宁，除了偶尔只闻其声不见其影的山雀"哩——哩——"的啼啭，还有时断时续的蝉鸣伴我前行，声音显得虚弱苍白，似乎已是垂垂暮年，耗尽了气力。坡上的玉米棒已经归仓，枯黄的玉米秆依旧笔直伫立，如同体衰干瘪的老兵集结列队，等待开拔的号令。核桃树与银杏青绿的枝丫间，有粒粒圆润饱满的果实等待阳光的最后催熟。沿途的荆条子、蒲公英、毛榛子、木槿、桔梗，开满了乳白色、淡紫色、嫩黄色、粉红色等颜色不一的花朵，像是一群穿着花裙子的小姑娘；更有那亭亭玉立、清纯淡雅的巴茅花，舒展纤细的腰肢，用灰白水袖撩拨你的眼，又好像一柄马尾巴似的清扫世间烦恼的拂尘。杨树、乌桕、桤木、松柏、苦楝等乔木葱郁茂盛，与灌木丛一起把褐色的山体涂抹成满眼碧绿。翠竹伸长脖颈，谦卑的头颅是正在思考的问号，又好似五线谱上杂乱的音符，细长的竹叶上还有昨夜残留的泪珠。丛林中，一堆堆小青红果就像聚在一起的火柴头，等待擦燃熊熊的火焰，照亮生命的夜空。听说中国工农红军长征路过四川时，这种人称火棘果的野果子曾被疲惫不堪而又饥肠辘辘的红军作为粮食，救过很多人性命，因此又称为红军果或救命果。我品尝过这种随处可见的野果，干涩中有一丝甜味，但多吃几颗后就觉得难以下咽，让我感受到当年红军为了革命、信仰辗转跋涉时的艰辛。

  弯弯的山路捉迷藏似的在密林中忽隐忽现，转过弯道，又是向上的路，仿佛豁然打开的绿色宝库，未知的前途吸引你鼓足继续攀爬的勇气。大约走了两公里，身体已有些发热冒汗，水泥路在此中断，通往灌木林深处的路沟壑纵横，湿滑泥泞，像根遗落的粗壮棕绳。山还高、路还远，那边的风景却依然谜一样躲在大山背后，看来期待类似《桃花源记》或者《阿里巴巴和四十大盗的故事》中的演绎的好奇心是无法得到满足了。回头望，对面的群山像是海洋里巨大的鱼，拱起浑圆绵长的脊背，光滑的青葱色肌肤，腹腔有曲折的蜿蜒，在寂寞中奔跑至目光尽头，与蓝天白云相拥成一条灰黑色的线条。山谷间一股白练喷薄而出，三叉戟形状在高景关口一分为三，奔向绵竹、什邡的远处，由洛水分流成石亭江，最后汇集到沱江，流入大海。这是当年李冰在岷江修筑都江堰后率众烧山炸石、"导洛通山"的又一杰作，既因势利导解决了水患，又使得成都平原成为富庶膏腴之地。李冰疏通洛水之时，已是暮年。工程完工后，李冰也羽化成仙，被埋葬在章山脚下。后人为了纪念他的功绩，在洛水镇的朱家桥村修建了大王庙，而川祖庙更是遍布全川。绵竹市地方志办的王素云主任告诉我，云盖村原本有为纪念跟随李冰治水有功的次子而建的二郎庙，与河对岸的大王庙遥相对应，只是现在已经毁坏，残垣难寻。我想李冰父子不辞辛劳开凿修挖水利工程，就是为了蜀人世世代代能过上丰衣足食的生活，现在美丽安逸的新农村足以让他们长眠安息。

山下灰瓦白墙的聚居点阡陌纵横，这是"5·12"汶川大地震后江苏省武进区政府无偿援建的成果。据云水居女老板梅梅讲，云盖村顾名思义就是常年云遮雾绕的山村。地震前，云盖村的乡民散居在山间河谷，山高且长，土壤贫瘠，交通闭塞路难行，靠着种植玉米为生，日子过得极其清苦。年轻人则纷纷外出进城打工，精彩的世界让他们再也不愿回乡务农。震后统一规划的川西民居村落建好后，地方党委、政府依托村域内山高林密、风景优美、空气清新、温度偏低的生态环境，以及丰富的人文历史，恢复了关口遗址，打造民俗村落、森林康养人家、千亩竹海、四季彩林等旅游景点，形成"春踏青、夏避暑、秋赏叶、冬养生"的四季旅游格局。同时鼓励和引导村民建设农家乐，吸引夏天住在混凝土建的蒸笼里的城里人来此避暑消夏，休闲娱乐。白天，人们在山上云中漫步、赏景寻幽，在河边沙滩戏水，体验农耕。暮色降临,广场上吃烧烤、喝啤酒,人声鼎沸,吹拉弹唱、舞蹈健身各得其所;当地人则摆摊设点,售卖土特农产品,原本寂静的小山村热闹成人间乐土。山外的打工人陆续回归,洒扫庭院,开门迎接蜂拥而至的游人。据统计,百余户的云盖村已建有各种档次规格和特色不一的农家乐三十多家,每到夏季来临,客房便早早预订一空,客源爆满,村民们脸上洋溢着幸福和满足。

梅梅有三十多岁,身材高挑,相貌俊秀,是地道的当地人。地震后她与妹妹和父母商议,在自家的老宅和承包地上建起两院平房,每年的4月初到9月末,一家人分工合作,经营起农家乐。天气渐冷之时,她便回到什邡城里,优哉游哉地享受生活。幽静温馨的房间,清凉微甜的山泉水,以及绿色可口的生态蔬菜,让慕名而来的游客络绎不绝。2021年盛夏,我曾应什邡的文友热情相邀,在这里住宿过一晚。觥筹交错间,聚集的文友们声情并茂地朗诵诗歌,探讨文学创作心得,惺惺相惜,相见恨晚,给我留下美好回忆。

从山上顺密林便道而下,绿廊树影婆娑,轻快便捷。抵近村落,几十个蜂箱排列有序,一群群蜜蜂在蜂箱门口飞进飞出,忙碌得很。它们或多或少、或密或疏,掩映在树林中。在一棵香樟树的树干上,一张写有"出售正宗中蜂蜂蜜"及联系电话的纸牌,让我忍不住前去探望。二层楼房门前坐着两位正在闲聊的五十多岁的中年男女。男的体格强壮,皮肤黝黑,是经历过风雨的过来人;女的低眉顺眼,手脚利落,一眼便知是个勤快能干的家庭主妇。交谈中得知,经营蜜蜂的男人姓郑,女的是他的妻子。他们从20世纪90时代就开始养蜂,已有四十多个中蜂箱。现在家乡条件变好了，一年四季满山遍野都是野花烂漫，再加上年龄渐长不适合风里来雨里去地长途漂泊，便留在家里养蜂，把天然的野花蜜卖给来此避暑消夏的游人。

"想当年我们两口子年轻的时候，那也是上陕西、青海，下云南、广西，一年到头跟着花期走……"郑大哥眯缝着眼，眺望黛青色的山峦，回味着那时行走天涯、追随花开花落的岁月荣光。

据他介绍，本地蜂蜜生产主要有两个盛花期。一是开春后山里山外大片金灿灿的油菜花，还有就是秋季山林里荆条花等各种散落的野花。我打开盛装蜂蜜的白色塑料桶，一股香甜扑鼻而来，黏稠的蜜汁散发着野花浓郁的芬芳。

对于蜜蜂的态度，我是纠结的，既喜爱它醇香甘冽的蜂蜜水，也知道它为植物能结出果实传精授粉很辛苦；但又讨厌其丑陋的面容，痛恨其让人恐惧的毒针。

小的时候，蜜蜂好像总喜欢和我作对，每年油菜花盛开的季节，我都要被蜇上一两次，不是手臂就是头或者脖子，红肿痒痛，而且一肿就是好几天，很不舒服。记得有一天傍晚，我跑到一个养蜂的亲戚家玩耍，不知怎么就惹恼了它们，其后果可想而知，头被蜇了好几下，不一会儿就肿了起来。第二天脑袋已肿得像个大皮球，连眼睛都睁不开。整天在田里劳作的母亲急忙扔掉农活，背着我步行到离家十多里地的县医院。靠在母亲瘦削的脊背上，我迷迷糊糊地就像躺在一个轻轻晃动的摇篮里，温暖而潮湿。我不知道母亲是用怎样的毅力支撑着走过那么漫长的道路，但能从汗水浸透的衣背真切地感受到母爱的力量。这件事让我刻骨铭心，它一直激励我勇毅前行，不管前面道路是多么坎坷。

后来听有经验的养蜂人讲,除非是感觉受到了威胁,蜜蜂一般不会主动攻击,蜇人之后它的生命也就走到尽头。我对儿时的顽皮有些后悔,对蜜蜂渐渐产生好感,同时也对那些常年奔波在外、与蜜蜂朝夕相伴的养蜂人多了几分敬慕之情。

阿来在《大地的阶梯》序中写道:"作为一个漫游者,从成都平原上升到青藏高原,在感觉到地理阶梯抬升的同时,也会感觉到某种精神境界的提升。"从盆地沿绵竹、什邡龙门山脉上行,翻过九顶山便是汶川、茂县,进入阿坝藏族地区,横断山脉陡直而上,抵达世界屋脊,这里就是大地阶梯迈出的第一步啊。我多年前曾坐火车从青藏铁路走进西藏神秘的雪域高原,也曾坐飞机俯瞰起伏绵长的群山,我知道那边崇山峻岭中的岷江河谷,是古蜀人垒石穴居、抽丝剥茧的生存繁衍之地。

走进村庄的街巷,已临近晌午。太阳明晃晃地悬在空中,刺眼晒人却不燥热。一群保养得很好的中老年妇女花枝招展,嘻嘻哈哈打闹着从身边走过,路边藤萝茂盛的小院里流淌出饭菜的香气,飘荡自娱自乐的歌声。我不得不动身回去了,繁杂的琐事还在案头等候处理。也许明年我还会再来,在慢节奏生活中静静地享受这份清凉与安宁。

凉山索玛花

到凉山州的每一天,我都被帮扶干部的事迹深深感动着,而巾帼不让须眉的女志愿者们,更是如同尼扎阿芝般美丽。

从雅西高速出汉源站,走过重峦叠嶂、刀劈斧削的大渡河峡谷,抵达甘洛城区,已是傍晚时分。建在山势舒缓延伸斜坡上的小县城,群山相拥,安详静卧,被尼日河与甘洛河紧紧环绕,是凉山彝族自治州的北大门。清凌凌的河水汩汩流淌,像两条交汇的白色纱巾轻柔飘过,缓缓地从大山走向大山,在夕阳残红的余晖下闪着粼粼波光。

2020年5月,去凉山州对口帮扶的甘洛、越西、喜德、金阳四个县,搜集德阳援彝前方指挥部脱贫攻坚地方志资料,甘洛是第一站。绵竹市的杨指挥长是第一批援彝帮扶工作队成员,他高大魁梧,声音洪亮,特别是那双手骨节粗大,伸开像是蒲扇,人们戏称"杨大手"。虽然是周末,指挥部的办公室依然灯火通明。忙碌的人群中,我看见有两位眉清目秀的年轻姑娘,交谈中得知,两人都是90后大学生,待字闺中就主动请缨,从川西的富饶县来到了凉山,要把最美的青春足迹留在这里。

属于极度贫困村的阿尔乡眉山村的清晨白云朵朵,高耸的山巅之上，一缕朝阳照亮了群山和小溪；那些古朴的彝家村寨，处处轻烟徐徐，这在天然气和电饭煲普及的川西人家是久违了的。公路旁，三三两两身披擦尔瓦或穿百褶裙的彝族同胞，迎面而来；嬉戏的小狗，对我们这些匆匆的访客，熟视无睹。梯田一层一层，从溪流边爬到半山坡，绿油油的秧苗生机盎然。汽车行驶在羊肠盘桓的山路，像一艘快艇，激流飞溅中劈波斩浪。

村支书阿尔建军和驻村女干部贺献英带领我们参观了幼儿园。四间宽敞明亮的教室，室内为木地板，室外是塑胶跑道和运动器材，天真可爱的彝家阿依（儿童）正在跟随老师唱歌、做游戏。已到知天命之年、头扎牛角独辫、略显丰满的贺献英是绵竹市板桥镇的纪委副书记，聪慧干练，热情可亲，一身运动装束，洋溢着青春活力。成为工作队一员后，哪家缺少劳动力，哪家建房有困难，贺献英心里一清二楚。不到一年时间，她行走上千公里，用双脚丈量全村每个院落、每道坡坎，帮助困难群众解决了许多生活问题，即便母亲病重、丈夫做结石手术，她仍然默默坚守岗位，村民们亲切地称她为"阿衣索玛"。

新建的移民搬迁聚居点错落有致，白墙蓝瓦别墅似的民居前，几个头戴绿色荷叶软帽的妇女背着婴孩聚堆聊天，"微田园"的土豆苗盛开着或白或紫的小花。行走在平整的水泥路上，我们称赞贺献英的工作，而她却皱着眉头："快莫说了，我的工作都还没有做好嘛。"她告诉大家，刚到眉山村不久，一场暴雨冲毁了通往山顶唯一的土路，村里八家养殖大户的猪、牛、羊等中断了粮草，长成的牲畜又运不下山，造成一些损失。虽然最终妥善解决，但贺献英依然自责，觉得自己工作没做好。这份内心深处的责任感，让我们深受感动。

坡地上，千亩扶贫产业园葱翠碧绿，绿枝缀满了浑圆的核桃，像一枚枚翡翠色的蛋卵。彝族姑娘沙马呷呷莫和一群妇女蹲在嫩绿的柴胡地里，小心翼翼地清除中药材苗周边的杂草。贺献英手指前方不远处一座外形酷似金字塔的独山告诉我们，这座山就是吉日波神山，周边那些高山丛林中盛开着好看的索玛花。吉日波，彝语意为"闪光的地方"，传说它是彝族繁衍的原初之地，是彝人心目中至高无上的神山。山峦如波浪，一层堆一层，叠成了云雾茫茫的神秘世界。群山之中，吉日波（民间传为古日坡）好似一位历经沧桑的老者，从容地站在岁月的驿站，俯瞰脚下彝家儿女从贫穷落后走向幸福甜蜜。

索玛花是杜鹃花的彝语名，又名映山红，彝语称杜鹃花为"索玛"。相传是为了纪念带领村民战胜蝗灾、保护庄稼而舍身化作索玛花的尼扎阿芝姑娘，彝族人将其作为族花。杜鹃花我是知道的，但在凉山见到，还是第一次。虽然云雾遮绕、星光闪烁，像一团白絮看不真切，但内心已荡起阵阵涟漪。

从小相岭到波洛山，高挂的太阳像堆烧得正旺的炭火，一簇簇红得像火、粉得如霞、白得似雪的索玛花如影随形，由稀疏到繁密次第开放，在漫山遍野中姹紫嫣红、叠锦堆秀，硕大的花朵压得枝干嘎嘎作响。远远望去，起伏延绵的大凉山像不经意摊开的墨绿地毯，索玛花恰如绣在上面的团花，把一张张地毯装点得花团锦簇、五彩缤纷。我们倘徉在浩瀚的花海中，不时地驻足留恋，陶醉于花朵的鲜艳多姿，融化在蓝天、白云、森林之中。

"水蜂岩蝶俱不知，露红凝艳数千枝。"凝望这绚丽多彩的索玛花，我不由想起那些奋战在凉山脱贫攻坚一线像贺献英一样的女帮扶干部和志愿者们，她们就是一朵朵盛开的最美的索玛花呢。

文昌故里工运情

2018年10月末,德阳市旌阳区总工会一行三人,到凉山州越西县总工会开展结对帮扶活动。从成绵、成雅至雅西高速,再到冕宁县泸沽镇上S208省道,一路上风轻云淡,起伏的山冈陪伴左右。行至小相岭,道路愈发逼仄盘桓,沿途层林尽染的美景被浓雾吞没,越往上视线越模糊混沌,仿佛我们腾云驾雾飞到了半空,让人脚底发虚,心里发怵。

"登高一望何雄哉,万山合沓风雨来。日却终古照不到,四时无夏多阴霾。"这是清代学者钟俊声路过小相岭的小山古道时发出的感慨。小山古道为零关古道的一段,位于越西县南箐乡小山村,北接成都、雅安,南通西昌、会理,是旧时川滇茶马古道和南方丝绸之路的主线,西汉辞赋大家、官拜中郎将的司马相如出使西南夷,便是经越西的"零关古道"。新中国成立后新修公路,古道马帮蹄声渐远,淹没在历史岁月的长河中。翻过小相岭,依旧是蜿蜒崎岖的山路。山坡上林木凋敝、荒草萋萋,散落的房屋黄土夯筑,墙上列阵成排的玉米棒子格外惹眼,仿佛是彝人腰间的配饰。三五个放学的少年,皮肤黝黑,背着颜色样式统一的书包,在嬉戏打闹中踏上回家的路。

穿云海，翻群山，途经五百余公里，历经八个多小时的颠簸劳顿，抵达县城时，已是暮色沉沉，华灯初上。工会党组书记、常务副主席周越已在县委门口等候多时，一阵寒暄后便亲热如故。周越年过五旬，中等身材，脸圆耳廓，面善目慈，一副菩萨相，自父辈从成都辗转流落至此，生于斯长于斯，已是多年。夜色中的越西县城灯火朦胧，人影稀疏，低矮的建筑掩映在行道树后，如同川西坝子较大的场镇。"远方的贵宾，四方的朋友，我们不常聚，但有相见时，彝家有传统，待客先用酒……"在《祝酒歌》的欢声笑语和"坛坛酒"的甘洌醇香中，初见的县城披着面纱伴我一起入梦。

第二天清早，凉风瑟瑟，穿过街巷和广场，到县总工会就职工之家建设、以购代捐等帮扶的内容及方式进行座谈。签约，捐助仪式后，我们随同县委常委、总工会主席、彝人张华来到申果乡申果村的移民安置点。据周越副主席介绍，越西的彝族人约占百分之七十三，自然条件恶劣，交通闭塞，人口增长过快，教育卫生低速运行，生产方式及思想观念落后等多种因素，造成当地深度贫困。申果村在距县城九十余公里的深山老林，山高地瘠，出行困难，人们生活更加贫苦。

移民安置点地处县城郊外的坝地，有八十多户彝族村民已从山上搬迁入住，现正在进行排水系统、路面硬化等后期建设。一幢幢彝家新寨富有民族特色，在蔚蓝天空下交相辉映，分行有序。我们随意走进村民吉瓦石古的新家，铺了地砖的房舍有一百平方米左右，虽然摆设简陋，唯一的奢侈品就是台电视机，但干净整洁，厨房灶台上电磁炉、电饭煲、电水壶一应俱全，独立的

卫生间还用上了水厕。据吉瓦石古讲,他家有五口人,三个儿女都在学校读书,自己在附近一家养殖场打工。过去祖祖辈辈都住在大山顶上,干打垒的土屋狭窄拥挤,饮水困难,人畜混居,很不方便。"现在的政策好哟,能住上这么好的房子想都不敢想!"吉瓦石古用不太流利的汉语动情地说。

院坝里,五星红旗迎风飘扬,村幼儿园的彝家阿依(儿童)在老师带领下围成圈做游戏,身披擦尔瓦的阿普(老人)在暖阳下闲聊、刺绣;田野上,青葱的苦荞苗长势正旺,落叶的柿子像一个个黄澄澄的小灯笼悬挂枝丫,一片安宁祥和之气。

申果村是县总工会定点帮扶的三个贫困村之一,担任村第一书记的是县总工会副主席韩红霞。韩副主席是藏族人,留短发,戴眼镜,斯文秀气又不失泼辣干练。她带领的扶贫工作队成员都是来自旌阳区的干部职工。四名小伙子住在村委会新修的办公室里,空荡冷清,每天以清水土豆为主食,周末才能到县城小旅馆洗一次热水澡。这些年轻人都是各单位的业务骨干,离开熟悉的环境,远离父母、妻儿,与彝人语言交流不畅,工作千头万绪,孤独寂寞和对亲人的思念啃噬着他们的内心。

来自双东镇政府的龙保林就是他们中的一员,从部队军士长转业到地方后一直从事基层工会工作。我问他苦不苦。小伙子淡然一笑:"确实条件很艰苦,但也很有意义。"听说这里在全县还算是条件相对较好的,我无法想象更加偏远的山区,缺水缺电,连吃喝拉撒都是难题的那种艰辛。

对于川西南的大凉山,你也许首先想到的是热闹的火把节、香喷喷的坨坨肉、渔舟唱晚的邛海,以及叠似瓦片的绣花头帕、镶边领褂、褶纹筒裙，像索玛花一样漂亮的阿米子（姑娘）；或者是喜欢喝酒寻衅，民风彪悍，让人避而远之的蛮夷之地。但不深入腹地，你永远感受不到他们的热情和对美好生活的向往。看到这群奋战在脱贫攻坚一线的工会干部和扶贫志愿者，满怀热忱和真情，带领彝族同胞修房筑路，摒弃陋习，大力发展苹果、花椒、黑猪等特色种植养殖业，我被深深地感动了，不禁联想到电影《十八洞村》里的那些场景。正是无数个扶贫工作者无怨无悔地默默奉献，共和国大家庭的全面小康才会实现。

越西县历史悠久，因越过嶲水设郡县而得名。先秦时期，属西南夷地，汉武帝元鼎六年设越嶲郡，太平天国将领石达开余部和中国工农红军都曾从此地经过。《越西厅志》载：文昌帝君张亚子于晋太康八年二月初三，降生于中所芦林沟张老夫妇家，后勤学苦练，羽化成神。越西乃有"北孔子，南文昌"之称的文昌帝君出生地，这是我到越西后才知晓的。相邻近的绵阳梓潼大庙山文昌宫，一年四季人潮涌动，香火旺盛，读书人尤其是准备高考的学子们络绎不绝，在魁星楼上虔诚跪拜，许愿还愿，场面极其隆重神圣；而湮没在大山深处的文昌故里门可罗雀，后人们受教育程度低、生活极度贫困，让人唏嘘。也许我们各级工会组织正在进行的脱贫攻坚，恰是文昌文化倡导的"利物利人、修善修福、为国救民"人生追求最好的诠释。

沿金马山拾级而上，站在重新整饬的文昌殿俯瞰，远处起伏的山峦融化在蓝天白云间，一堆堆蘑菇似的房屋从对面山脚迎面走来，水观音廊桥楼台亭榭、红瓦翘檐，观音碧潭清澈晶莹的河水像条玉龙，从土碉楼前匆匆流过，木制水车缓缓转动细数年轮,松柏、桤木、栎树、银杏颜色杂陈,装点斑斓多彩的天空。我相信,脚下的这块土地,在各族儿女的共同努力下,明天一定会像眼前秋日壮丽的景色,美好、富饶而精彩。

Chapter 辑四

香港漫谈

香港被称为东方之珠,是我国早期对外开放的重要窗口,也是全球三大金融中心之一、经济高度繁荣的国际化大都市,更是无数人梦寐以求的天堂和乐园。

"香港"一词,我起初是从中学的历史、地理课本中知道的,从书中晓得了那段让中华民族备受屈辱的过去,以及香港大概的位置。但这些都是概念,仿佛遥不可及。20世纪80年代,电视机逐步走进平常人家,《霍元甲》《射雕英雄传》等一部部俊男靓女主演的香港武打功夫片,还有动感十足的粤语歌曲都令人们如痴如醉,使我对香港有了进一步认识。那个时候,电视剧里的港台明星穿牛仔裤、花格衬衫、火箭皮鞋,留小胡子、大背头,成了内地年轻人竞相模仿的时髦打扮。尤其是电视连续剧《上海滩》里的许文强、冯程程那英俊漂亮的外形和凄美缠绵的爱情故事,更使少男少女们为之痴迷。如果谁家有亲戚朋友在香港,更是大家羡慕的对象,似乎他们背后是金山银山,有着享不尽的荣华富贵。

2017年,在游历了大半个祖国山河后,我萌生了去香港特别行政区看看走走的想法。经过复杂的手续程序,我办理了赴香港的签证，却因为不懂流程，稀里糊涂地忘了办签注，以至于在双流机场出关时，被阻拦下来，只能眼睁睁地看着老婆娃儿登上飞机。这在当时成了朋友圈的笑谈，也成为我一时无法释怀的遗憾。2021年，我到深圳参加培训学习，专门跑到地王大厦三百八十三米的顶楼，透过玻璃远眺香港，看那傍晚时分浅灰色大网笼罩中，山下海湾里密密麻麻的高楼，想象着不夜城热闹繁华的街市场景。再后来，女儿考取香港的硕士研究生我本应去探望，又因新冠疫情，再次与之失之交臂。就像是看着眼前心仪的美人，求之不得，辗转反侧。

2023年7月下旬，我利用公休假期，终于偕夫人一道，成功踏上香港的土地，了却多年的夙愿。从成都坐高铁出发，穿越六个省市，用了十多个小时，来到香港西九龙车站。离开德阳时还是晨曦初晓、阳光熹微，到达后已是暮色沉沉、灯火万盏。办完出关手续，我们在宽阔复杂的大厅里搞不清楚东西南北，犹如刘姥姥走进大观园。跟着手机导航路线兜兜转转，始终找不到出口。迫于无奈，我们只好求助一位匆匆赶路的年轻人。小伙子瘦高白净，戴着眼镜，斯文秀气。通过磕磕绊绊的粤语交流，他知晓了我们入住的目的地，因担心说不清楚，便主动提议引领我们前往龙堡国际酒店。下地道，过廊桥，七弯八拐，不多时就顺利到达。小伙子把我们送到酒店门口后才放心地折回原路，让我们真切感受到香港市民的热情与友善。在港的日子里，无论是饭店吃饭，还是乘车问路，只要和他们攀谈问询，我们都能得到想要的答复，并且彬彬有礼，诚恳而温暖。

在由岛屿组成的面积不大的香港，竟然生活着七百多万人，人口密度之高让我见识了寸土寸金的天花板。街道窄小局促甚至还不如我们一些地方的乡村公路；鳞次栉比、耸入云霄的高楼让我脖子望酸了也见不到顶；四周的铜墙铁壁，让我置身于混凝土的森林。在路边的公告栏，我看到一则二手房交易信息，六十平方米左右，居然要价二千三百多万港币，令人瞠目结舌，怪不得新闻里说好多普通市民都住在鸽子楼、胶囊公寓。现在想想，虽然我们的物质条件不够充裕，但吃着价廉可口的饭菜，住着宽敞舒适的房子，其实还是挺幸福的一件事。香港的街道尽管狭窄，却十分干净，我们一路上没看到清洁工的身影。交通流畅通达，小车不算太多，都是些名牌豪车，我估计工薪阶层买不起，停车费可能都是天价。行人上天入地，不是行走在空中的天桥，就是随地铁在地下穿梭。在路上，我还发现一个奇怪现象，这些汽车司机和方向盘都在右手边，车辆行进路线也跟我们平常习惯相左，看着总觉得别扭。

在香港，我见识了中银大厦、会展中心、紫荆广场、国际机场等香港标志性建筑的宏大气势，也知道了电影电视中常提到的中环、尖沙咀、旺角、油麻地等大概位置，更为港珠澳大桥的雄伟气魄折服，自豪感油然而生。夕阳下，太平山金色的霞光绚烂瑰丽，海面澄澈安静，移动的帆船像泼在画布上的墨点；夜色中，维多利亚港霓虹灯变换不同的图案，海面倒映的楼宇闪烁如梦似幻的光影，波光旖旎，让人仿佛走进了童话世界。

紫荆花盛开，满满都是家的爱。我相信，有强大的祖国作为坚强后盾，回归的游子终将在明天焕发出更加璀璨绚丽的光彩。

微尘世界的歌哭与悲欢

——读吴佳骏散文集《小魂灵》

曾经见过这样一段精彩的话:"一个人在路上走着,是散文;一个人在路上走着,掉进沟里,是小说;一个人在路上走着,飞上了天,是诗歌。"这段话非常形象地指出了不同文体的特点。小说靠情节,诗歌在于想象,而散文贵在平实而富有情感。或者说,情感自然真挚地抒发,是散文的灵魂所在。

前段时间我拜读了重庆作家吴佳骏的散文集《小魂灵》,内心受到了极大的震撼,情感上引起强烈的共鸣,童年、少年时期生活过的乡村场景一幕幕不时在我面前闪现。可以说这是我近几年看到的为数不多的散文精品力作,非常值得学习借鉴。吴佳骏,80后作家,现为《红岩》文学杂志社编辑部主任,中国作家协会会员,重庆市作家协会全委会委员、散文创委会副主任,在国内主要期刊发表作品逾百万字。曾获首届"紫金·人民文学之星"文学奖,第五届"冰心散文奖",第二届"长安散文奖",第二届"丝路散文奖",首届、第四届"巴蜀青年文学奖"和第五届"重庆市文学奖"等奖项,是重庆实力派散文家。

我和吴佳骏曾经有过一面之缘。记得那是2012年左右,我随钟正林老师到什邡市文化馆参加一个文学讲座活动。主讲人是《红岩》杂志社的刘阳主编，吴佳骏陪同刘主编一起来到了什邡。当时见面第一印象就是小伙子斯斯文文、白白净净，低调内敛，说话做事很有分寸，显得成熟稳重。交谈中，他对我递给他的几篇小散文给予了中肯的评价，并谈到自己对散文创作的一些心得体会，让我认识到文学功底的不足和写作实力的差距。

《小魂灵》是吴佳骏新近出版的散文集，作者用其在乡居生活的见闻与感触，以家乡的村民为代表，将目光对准故乡的渺小生命，通过书写乡村人物的苦乐、婚嫁、终老的一生，对个体存在、生命本真、内心世界的触碰与垂询，对生命挣扎与灵魂焦灼的忧虑和不安，表达了一种对生命的困惑与热望，对于人生追求和选择之悖论提出了独特的思考。整个散文集篇幅精短，主题鲜明，文笔典雅，富含诗性，在丰饶的美学上，呈现出深层的哲学意蕴。

如果说散文是文以载道，是心境的陈述，那么还得有生活这口"活水"的井。死水一潭的话，就是写诗，也是矫揉造作。初看《小魂灵》目录，感觉很特别，全是两个字的词语，即每一篇散文的标题都是两个字。如：河船、山路、晨雾、寒猫、青瓦等等，每个词语都可以看作是一首诗的意象。纸面上写的是故乡的花草树木、兽鸟虫鱼、风霜雨雪、乡野村民等毫不起眼的芸芸众生，最终的归处都是触及人与万物灵魂深处的声响，弱小者的美丽、疼痛、不被珍视，乡村的衰败和故乡的远去，事物虽小，也有卑微尊严的"灵魂"。因此，吴佳骏从山路中看见父亲游走乡间似"救命者"的责任担当，以及早出晚归的艰辛历程；从落日中感受到母亲的迟暮与母爱的深沉，动物忠诚于生命的悲壮；从寒猫中触碰到祖母的温情，以及一个乡村女人的孤独、寒冷与忧伤；从水滴中折射出童年生活的快慰，以及老邻居被迫从故土割离的隐痛；从草垛中回味昔日劳作的光景……对于我们有过乡村生活体验的人来说，读起来倍感亲切，仿佛就发生在自己身边。

刘醒龙这样评述《小魂灵》："吴佳骏以精短、凝练的篇章，写尽了微尘世界里各类小生灵的歌哭与悲欢、隐忍与顽强、绝望与希望。他既是在用文字安放这些小生灵，也是在用文字替这些小生灵树碑立传。"我深以为然，书中的每个小故事或小人物，都有丰润的内涵，体现出作者的良知与关爱。《小魂灵》是一部关于小生灵的生命史和精神史，是一部关于尊严、梦想和慈爱的交响曲。

"我没有故意去选择由哪些小灵魂来构成这本书的主角，凡是被我写进文字的，都是我所熟悉的植物、动物和人。"吴佳骏在《小魂灵说（自序）》中写道。我认为他的散文贴近土地，贴近现实，贴近人情，贴近真实的人生体验和随之而来的人性升华。

对人性的深刻解悟让吴佳骏有了精神的向度，诗情则让他的散文有了抒情的美丽。《小魂灵》正是在对人性人情的现实描摹中传达诗意的人文情怀，即以"小魂灵"的文字书写展现"大灵魂"的精神世界。

生命的重与轻

——读米兰·昆德拉小说《生命中不能承受之轻》

"这是一个流行离开的世界,但我们都不擅长告别。"米兰·昆德拉在《生活在别处》中这样写道。2023年7月11日,94岁高龄的米兰·昆德拉与世长辞。无论我们擅长与否,告别已不期而至。

与中国大多数读者一样,我也因《生命中不能承受之轻》这本小说,知道在中欧的一个小国捷克斯洛伐克,有一位伟大的作家,他的名字叫米兰·昆德拉。

小说描写了1968年苏俄入侵捷克时期,民主改革的气息变成专横压榨之风潮,本书剖示隐秘的无情,探讨爱的真谛,涵盖了男女之爱、朋友之爱、祖国之爱。在任何欲望下,每个人对各类型的爱皆有自由抉择的权利,自应担负起诚恳执着的义务。人生的责任是个沉重的负担,却也是最真切实在的,解脱了负担,人变得比大气还要轻,以真而非,一切将变得毫无意义。本书探讨的更多是人生的意义所在,人生是要有一种信念的,不能交给机遇和偶然,甚至是一种媚俗。

《生命中不能承受之轻》是米兰·昆德拉久负盛名的代表作,

于 1984 年出版，被《纽约时报》评为 20 世纪最伟大的小说之一。1988 年，由美国导演菲利普·考夫曼将其拍成电影《布拉格之恋》，风靡全球。小说描写了外科医生托马斯与女记者特蕾莎、女画家莎宾娜之间的感情生活。但是，它绝不是一个男人和两个女人的故事，它是一部哲理小说，小说从"永恒轮回"的讨论开始，把我们带进了对一系列问题的思考中。比如，轻与重、灵与肉。它带领我们思考，什么才是人类不能承受的生命之轻。轻者，如羽毛；重者，如石头。轻与重，如何选择？要让一片羽毛过墙，谁都做不到。但让一片羽毛附着在重的物体上就能过墙。很显然，这是一个关于哲学的问题。

《生命中不能承受之轻》，这书的名字理解起来就颇费脑子。我们的词汇储备里大概会有诸如忍辱负重、不堪重负等，我们要培养孩子担责承重的能力……似乎只有"重"才能与负担承受之类的词相连接。在这本小说里，昆德兰并非要探讨一般概念的生命之轻，即生命的脆弱、渺小、短暂等，作者试图带领读者思考生命存在的意义。大家都知道生命的重是残酷的，那么，生命之轻就真的美丽？这里的生命之轻其实就相当于时下的流行用语"躺平"。

压倒他（她）的，不是重，而是生命不能承受之轻。

著名的外科医生托马斯有过短暂的两年婚史，有一个儿子，因不能承受家庭的责任、父亲的重担而选择离婚躺平，并且由于父母出面干涉，更是选择摆烂，与父母也断绝关系。他彻底放飞自我，享受生命之轻带来的自由，托马斯有上百位"性女友"，但没有一位跟他同床共眠过，哪怕一个晚上。"一起过夜，便是爱情的罪证。"他承受不了被托付感情之重。

作者昆德拉眼眸深邃，目光炯炯，他以上帝的视角洞察托马斯的一切行为及心理活动。这种躺平任嘲的生命之轻并没有让托马斯更加快乐，相反，有时候与情人幽会之后他马上便感到厌恶，空虚感油然而生，而且，他还得为自己的放荡找些可笑的自我麻醉的理由。

特蕾莎的出现动摇了托马斯追求生命之轻的执念，他惊讶于自己居然可以整夜握着这个女人的手入睡，且呼吸到了莫名的幸福的芬芳。然而，托马斯花花公子般的生活让特蕾莎无法承受，噩梦失眠是她的常客，导致她情绪恶劣，愤怒地控诉托马斯甚至离家出走。满以为又回到彻底生命之轻状态的托马斯，只坚持了两天，寂寞虚空让他感同身受于特蕾莎孤独离开时的凄凉，这种感觉令他快要窒息。于是，他借用贝多芬某段音乐中反复强调的"非如此不可"向医院辞去工作，颇费周折地回到已被俄国军队控制的布拉格寻找特蕾莎，后又经过诸多轻与重、灵与肉的考验，托马斯与特蕾莎最终修成正果。

昆德拉将主人公置于1968年捷克布拉格之春这样的历史大背景下，显然有其深刻的意图，作者通过描写个人难以承受的生命之轻，进而暗示了国家生命之轻更加难以承受。当时的捷克领导人杜布切克在俄国政府施压之下，签订了妥协协议。作者写道："似乎使国家免遭了厄运，没有造成大批人的死亡，但这个国家从此不得不在征服者面前下跪。"这种国家生命之轻给整个民族带来了难以承受的屈辱。

面对生命的重与轻，内卷与躺平，我们究竟该何去何从？在《生命中不能承受之轻》这本书里，或许藏匿着你正在寻找的答案。

《山歌寥哉》聊刀郎

2023年的这个夏天,全国各地市无论哪个旮旮旯旯的热,都比不过"罗刹海市"直接引爆全网的热度。据不完全统计,歌曲《罗刹海市》全球点击量达五十多亿次。有史以来,也没有哪首歌像《罗刹海市》这样,引发国内外如此大范围的热议,各年龄段、各阶层、各个圈子,不分男女老少,无论贫富的网友及写手们,都在以自己的方式解读、捕捉、挖掘着某种公众想要的信息。

如果说刀郎复出只带来《罗刹海市》或者再加上《颠倒歌》,那么,他复仇的行为便实锤了。正所谓,磨刀十年只为那又鸟和马户。

然而,真实情况是沉寂多年之后,刀郎于2020年9月推出专辑《弹词话本》共十首歌曲,记录了音乐人刀郎对江南特别是苏州民间音乐的眷恋和传承;2021年2月,专辑《世间的每个人》新鲜出炉,它告诉我们生活的本相是简单的,但一个人又必须经过无数历练之后才能明白这样朴素的道理。

2023年7月,他重磅推出的《山歌寥哉》,里面十一首歌,每一首都融入了不同风格的民歌或小调的元素。刀郎作词、作曲、演唱并参与了配乐中大部分乐器的弹奏,简直就是音乐全才。这十一首歌曲,分别是《序曲》《花妖》《颠倒歌》《画壁》

《静听》《画皮》《路南柯》《罗刹海市》《翩翩》《珠儿》和《未来的底片》，每首歌的曲调和韵味都让人沉醉，这些歌曲的调子分别来自山歌调、时调、栽秧号子、绣荷包调、闹五更调、银纽丝调、没奈何调、靠山调、道情调、河北吹歌、说书调。这可都是老祖宗们留下的好东西呀！

"山歌寥哉"的意思就是用山歌来针砭时弊、抒发情感。这张专辑的《序曲》就清楚地告诉人们，刀郎不屑用《罗刹海市》去跟一帮俗人计较，他有他的大智慧、大通透和悲天悯人的大爱。"九州山歌何寥哉，一呼九野声慷慨，犹记世人多悲苦，清早出门暮不归。"天有九野，地有九州，刀郎的胸襟何等宽广，他关注的是巍巍华夏，茫茫九州世人的悲与苦，他愿把慷慨嘹亮的山歌唱给他们，他们是日出而作、日落也不能按时回家的打工人，以及小商小贩、快递小哥、清洁工等等。

如果心中满怀怨恨，刀郎不可能静得了心研究这么多民间音乐元素，而且整得那么巴适，那么透彻；如果心中满怀复仇之念，刀郎不可能定得了神来精进自己的文字功底，他是当之无愧的音乐诗人。刀郎在专辑介绍中写道："然有假诗文，无假山歌，山歌乃民间性情之响。""然以我观物，故物皆着我之色彩，每个时代都有自己的图样，本专辑的十一首作品则是属于这个时代的'山歌'。"也就是说，刀郎想把山歌作为抒发真性情的载体，记录时代的图样。

在记录过程中，歌词多采用诗歌写作中意象的手法，客观物象经由作者独特的情感活动，创作出意蕴极强、韵味十足的文字。如，在《未来的底片》里，刀郎这样写道："灵魂在重启的账户的路径里不停地哀号/狐狸还在祷告/在止于黑的拂晓昼夜地舞蹈……"账户是经济数据的载体、现代社会的主要工具，人类在纷繁复杂的数据中饱受煎熬，而主导这一切的正是昼夜永不停歇的欲望。又如："追逐使无为的生存变得需要/在意义里无谓地骄傲/在止于黑的拂晓……""无为"是道家思想，意思是减少欲望，清静无为。现在人类已经在追名逐利中迷失了自我，需要的不多，想要的特多，把无所谓的东西变成骄傲的资本。等到黑暗结束，天亮的时候，一切不必要的东西都会变为虚无，世界将回归最初的样子。

从刀郎写的若干歌词中，我们应该能体会到，作者试图引导人们去追求简约的生活，去看到生命的本真。所以，有一种可能，当年受到不公评价的刀郎，选择了默默转身，一条牛仔裤、一件T恤衫、一顶鸭舌帽，就是这样质朴纯粹的草根郎，他清楚地知道自己要什么。他怀揣着创作更好歌曲的执念，远离乌烟瘴气的喧嚣，行走在社会深深的皱褶里，潜心研究、传承先辈们留下来的博大精深的民间音乐。他深谙，民族的就是世界的，民族的才是久远的。

当然，刀郎是人而非一块石头，每当他回望过去走过的路、见过的人、碰到过的事，肯定会忆起那段伤痛，但他的格局使他超然于那个"小我"。他从个人的恩怨里挣脱出来，并赋予自己责任和义务，通过音乐来揭露社会各行各业各圈各团普遍存在的或多或少的乱象，唤醒集体意识，旨在营造一个包容的多元化的社会氛围。

或许，在网络因《罗刹海市》炸裂的现在，刀郎已屏蔽所有热闹，悄然离去，重新出发了。作为吃瓜群众、四川老乡，我要做的就是双手合十，期待刀郎下一部作品更惊艳，祝愿中国乐坛涌现出更多不同风格的经典之作。

聆听乡土的声音

——我与《四川农村日报》的故事

作为农家子弟,我对土地有着一种天然的亲近感,虽然已离开农村多年,但对乡土的那份眷恋一直无法割舍,《四川农村日报》成为我贴近乡村生活的慰藉。

20世纪90年代初,我从师范院校毕业后分配到乡镇人民政府上班,正式成为一名吃公家饭的人。尽管我从小时候就一直生活在农村,也曾利用假期天,参与栽秧打谷、锄地施肥等力所能及的农活,却对农事季节等许多知识都不懂。在乡镇工作,直接面对农民群众和村组干部,要推动工作顺利实施,就得与他们打成一片,成为聊得来谈得拢的朋友,了解他们心里所思所想所盼。作为刚出校门的学生娃,除了向从事农村基层工作多年的老同志请教,最好的老师就是《四川农村日报》了。

记得当时在乡镇,精致便携的《四川农村日报》是一份必不可少的报纸,不仅农口部门要订阅,其余各大办公室都有。报纸上刊载了各级党委、政府对"三农"工作的指导性文件和重要会议精神,还有农作物种植、果树栽培、禽畜水产养殖、病虫害防治等技术,以及先进典型经验、生活小常识介绍等,内容丰富,涉猎种种，具有很强的可读性和实用性。

我主要从事党政办公室工作，但也有联系村组的任务。通过对《四川农村日报》的阅读学习，我在撰写公文及报告时有了更多鲜活的事例和金句，文字材料更接地气。与此同时，到村组联系工作也能和当地干部群众说到一块儿，不会让他们感到生分。当然，作为文学爱好者，我最喜欢的还是周末版副刊。那些语言精练、文字优美、富有生活气息的文章，让我爱不释手，成为模仿和学习的范文。

通过不懈努力，我的写作水平有了明显进步，时常有豆腐块小短文在《德阳日报》等市级及以上报刊上发表，在当地逐渐小有名气。只是偶尔麻起胆子投给《四川农村日报》的习作，基本上都泥牛入海。我羡慕那些稿件能变成铅字的作者，清醒地看到自己存在的不足和差距，更坚定了我继续创作、不断进取的决心。

2019年清明节，什邡文友邀约我去洛水镇朱家桥村，参加春茶采摘启动仪式。热闹浩大的现场气氛、醇香馥郁的杨村红茶，以及高景关历史悠远的人文故事和大王庙里"导洛通山"而溘然长逝的李冰塑像，都让我产生了浓厚兴趣。经过多次实地走访，查阅《华阳国志》和《什邡县志》等相关史料，我写了一篇《高景关外古茶香》的千字散文。反复修改后，怀着忐忑的心情，寄给了《四川农村日报》编辑部，并开始了漫长的等待。2020年6月5日，我在《四川农村日报》（大地周末蒲公英版）上看到了我的名字和文章，多年的夙愿终于梦想成真，激动的心情无以言表，迫不及待地与朋友们分享我的喜悦。

后来，在彭州的一次文友笔会活动中，有幸认识了《四川农村日报》（大地周末版）的责任编辑胡马老师。胡马老师是国内知名诗人和作家，学识渊博，低调内敛，平易近人。在交往中，通过胡老师的点拨和教诲，我对乡土文学有了全新的认识。从此之后，我先后又有《高槐书院》《枇杷山庄》《村史馆的乡愁》《凯江，行走在春天的河流》等多篇文章在《四川农村日报》刊发，有的甚至以专版形式刊登，让人们对德阳市旌阳区的新农村建设和当地民情风俗有了更多的了解。

在工作之余，我仍然坚持每天阅读报纸，并用手中的笔抒写脚下这块生我养我的土地，因为我相信，只要有《四川农村日报》的存在，我就能聆听到乡土的声音。

文学路上摆渡人

谢星波已离世一月有余,但我仍有些不信,眼前时常浮现他的音容笑貌。刚迈入古稀之年,印象里神采奕奕、性格爽朗的老先生突然撒手人寰,让人不禁慨叹人生世事无常,卑微的生命如纸般的脆薄。

2020年11月,刚听到谢星波生病住院的消息时,我正在参加旌阳区融媒体中心组织的黄河新城绵远河湿地公园地名征集评审会。一同参会的周中罡率先得到谢星波妻子的电话,说他突发脑梗住进了德阳市医院。忙完手边事情,与区作协同志商议,一同前去看望。病人家属告诉我们,到医院后他一直昏迷不醒,无法动手术,只能在重症监护室观察,身体部分器官也开始衰竭。由于疫情期间不允许探视,我们只能安慰泪水涟涟、面容憔悴的嫂子,心中已有不祥之感。不出几日,便得到噩耗,星波老师已悄然魂归故里,入土为安,仿佛一粒尘土,被冬日的寒风吹得无影无踪。

20世纪90年代初,我从绵阳师专毕业后,刚到黄许镇参加工作,未见其人就已闻其名。听说谢星波是德阳小有名气的农民作家,性情乖张,喜欢写一些针砭时弊的文章,镇上干部都很怕他。有人开玩笑地说："只要哪天谢星波上衣口袋里揣两支钢笔，在镇上走一圈，有些人晚上就睡不着觉。"虽有调侃戏谑成分，也可见他是当地颇有争议的人物。

我读书学的是中文专业，平日里也喜欢舞文弄墨，只是文笔稍显稚嫩，早有与其结识的想法。恰好年底镇文化站组织了一场坝坝舞会，我一时兴起写了篇名叫《乡村歌舞厅》的小短文，前去讨教。当时谢星波是文化站聘请的临时工，主要负责鹿头关公园内歌舞厅及茶园的经营管理。记得那是一个阴沉灰蒙、乍暖还寒的下午，我走进公园招待所一楼简陋的办公室，一个头发浓密、面色红润、衣着朴素的中年微胖男子，正伏案在老式的办公桌前奋笔疾书。看到有陌生人闯入，被打扰了思路，他显得有些不悦，一双布满血丝的牛眼珠子死死地瞪着我。当我说明来意，并毕恭毕敬地呈上拙作后，他的脸上才露出一丝微笑，起身与我握手，看茶赐座。身材魁梧强壮，手掌温润厚实，一见便知他与下地干粗活的农民有所不同。在小乡镇能遇到一个喜欢文学的同道中人，谢星波自然非常高兴，粗略看了看文稿后，便侃侃而谈，以老师的身份，对我的文章进行了点评，适当地给予一些建议和鼓励。

在与谢星波交往的三十年里，他既是我文学上的老师，又是我生活中的兄长。离开文化站以后，无论是任厂报文艺编辑，还是到电视台从事新闻采编，谢星波都没有搁置手中的笔。他多次提到原县文化馆的文学创作辅导老师田孝富，感恩于田老师改变了他人生的轨迹。这使我不禁想到英国作家克莱尔·麦克福尔的小说《摆渡人》，也许在他心中，田孝富老师就是他的摆渡人，其实他又何尝不是摆渡人呢？既渡了别人，也渡了自己。

只要有适当的机会,他便会把德阳文学界的朋友介绍给我,带我参加一些文学交流活动。通过他的点拨和帮助,我有幸认识了《德阳日报》副刊的编辑钟正林等文学界大咖,这使我的写作水平有了较大提高,由此也赢得了升迁的机会。而谢星波本人也进入了创作丰收期。他写的反映改革开放期间川西古镇乡土风情的长篇小说《躁动的古镇》,引起了极大的轰动,就像一颗石头砸向风平浪静的池塘,各种赞誉之声扑面而来,有位成都名编剧还准备登门拜访,商讨改编剧本事宜。虽然无疾而终,却也得到爱惜人才的区委领导赏识,专门开会研究特批他为合同制工人,吃上了念念不忘的公家饭。在此之后,他又以川西坝子的乡村生活为素材,陆续创作了反映新中国成立前四川袍哥大爷逸闻逸事的《袍哥匪事》和"文革"期间上山下乡知识青年爱恨情仇的《红的雪 黑的雾》(上下卷)等长篇小说,散文作品也屡获奖项,步入创作巅峰。

关于谢星波待人处世的方式和执拗倔强的性格,人们褒贬不一,但我是由衷敬佩的。一个仅读完初中的农村娃,尽管文字功底有些缺憾,却凭着一腔热血,几十年如一日做着文学梦,并朝着这个方向长期坚持不懈,滴水穿石终于有所成就,实属不易。文学上的成功给他带来了荣誉和光环,但社会的不理解和家庭生活的诸多不顺,以及成名之后难以突破瓶颈的困惑,给他平添了诸多烦恼,于是酒精成了最好的麻醉剂。酗酒侵蚀了他的肌体,再加上本来就有高血压等疾病,以至每次一起吃饭时我都提心吊胆,极力劝阻。

最后一次见面是 2020 年上半年。根据组织安排,我从区总工会调到区史志办主持《旌阳区志》的编纂工作。为全面、客观、系统地编写旌阳建区二十二年来的地方民俗及方言,我们邀请了部分本土专家学者,座谈搜集相关文史资料。谢星波略显臃肿的身体动作迟缓,昔日目光炯炯的大眼睛没有了神采,说话也有些词不达意。分手时,我一再叮嘱他要保重身体,谁知道这竟是最后一面,从此诀别。

爬格子是一件苦差事,不仅要耐得住寂寞,对文本反复琢磨、逐字推敲,还要实地走访,查阅大量资料,虽不至于"吟安一个字,捻断数茎须",但都是精血之作。而作为写作者,最好的回报就是作品在报刊上变成铅字,有微薄的稿酬,得到众人的认可。更多时候,辛勤耕耘的文稿寄出去石沉大海,还要忍受周围人群的冷嘲热讽,甚至可能被领导批评是不务正业,其中的苦乐,只有写作者自己心里最清楚。最近一段时间,我熟悉的几个文友先后英年早逝,留下创作遗憾和亲人的眼泪。稍感欣慰的是,仍有大批爱好者为了心中的梦想,朝着布满荆棘的文学殿堂前赴后继,奋力攀登。

逝者已矣,是为不幸;生者如斯,情何以堪。星波老师一路走好,愿天堂之上没有忧伤和苦恼,处处都是文学、鲜花与美酒!

跋

从第一本散文集《黑龙河》出版至今，已有整整十年的光景。十年来，社会日新月异，发生了天翻地覆的变化，我也从不惑之年而至知天命。生命历程如长河中航行的小船，有汹涌浪涛、激流险滩，也有舒缓徜徉、波澜不兴，沿途的风光景色如何，自在旅者的心情与视角。时光磨平了棱角，我早已没有了年轻时的冲动与激情，如同我写下的文字，字里行间尽是朴实、谦逊与卑微。

俄国著名作家列夫·托尔斯泰曾经说过："一个人只有在他每次蘸墨水时，都在瓶里留下自己的血肉，才应该进行写作。"对于写作，我一直怀着极其虔诚的态度，就如同苦行僧一直行走在朝圣叩拜的路上，虽然衣衫褴褛、面容憔悴、伤痕累累，却不曾悔改初心。每次读书写字时不至于都要沐浴、更衣、焚香，那也是显得极其庄重肃穆，不敢对文字有丝毫亵渎和玩弄之意。写作不容易，尊重别人就是尊重自己。我虚心学习他人的写作手法和技巧，细心揣摩写作者当时的境遇，分析借鉴精彩优美的文笔句式，从而反复修改打磨自己的习作，力图用真挚的情感、向善的人性和优美的语言诉诸笔端。我羡慕那些每天都能完成或发布一篇（首）作品的写作者，面对他们的文思泉涌和勤奋坚守，我深感惭愧，愚笨、懒惰的我相形见绌。

当我提笔为第二本散文集写跋的时候，母亲已经过世一年，心中不免又生出许多感慨。三年新冠疫情即将取得最终胜利之时，无情的病魔彻底摧毁了母亲本已年迈体弱的肌体，隆冬时节，带着遗憾和眷恋，永远离开了我们，再也不能看到黎明后春天的朝阳。逝者已逝，擦干眼泪朝前看，生活还得继续。

在集子中，有几篇记述我年少时的文章，其中都有母亲的影子，文中描写了她的勤劳善良、朴实坚韧，以及浓浓的舐犊之情。母爱是伟大的，也是温暖的。我本想单独写一篇纪念母亲的文章，描绘母性美丽的光辉，但一提起笔，种种生活点滴洪水般涌入眼帘，思绪万千，情不能抑，不知道该从何处落笔。也许只有时间才能抚平伤痛，才能从生活细微琐事中洗涤出钻石般的光彩。

《时光碎影》收录了我十年来创作的三十二篇文章，主要记述了我成长的经历，讲述了身边亲人朋友发生的故事，探究了地方人文历史的发展脉络，书写了家乡河山的壮美、社会主义新农村建设，以及对现实生活的真切感悟，就像是在时光长河中采撷几颗星光点点的碎影。尽管作品产量不高，文字不够优美，语言也还缺乏精练，但都是我的真情实感，都是我的精血之作。犹如十月怀胎的妇女，一朝婴孩分娩，戚戚然惴惴不安，不知能否得到阅读者的喜欢与认可，不知能否让大家从文字中找到熟悉的场景和情感的共鸣。

记得有次参加四川省作家协会举办的文学创作培训讲座，有位作家老师给我们分享了这样一个故事：1991年，路遥的《平凡的世界》获得当年茅盾文学奖。然而，路遥生活困顿，窘迫得甚至付不起去领奖的路费。他找到了自己的弟弟，但是弟弟也没有钱，只好去帮哥哥借。借钱后，弟弟开玩笑地对路遥说："以后不要再得奖了。万一你拿了一个诺贝尔，我怎么给你凑路费？"弟弟的这一句玩笑话里有欣喜却夹带着道不尽的辛酸。路遥看着弟弟脸上朴实的笑容，手里拿着借来的钱，他深深地吸了一口气，忍不住骂了一句脏话："这××的文学。"语言虽然粗俗，却也是他对文学又爱又恨的情绪宣泄，显得那么悲怆和无奈。

关于文学创作，我的内心也是五味杂陈的。小时候受父亲影响，对有关历史与文学题材的各类书籍情有独钟，如饥似渴地畅游在知识的海洋，怀揣着文学梦，幻想着有一天能写出震惊世人的恢宏巨著，获得大奖，成为大名鼎鼎的作家，在人们崇拜的眼神中让虚荣心得到极大的满足。然而真正要提起笔写作的时候，才知道其中的艰辛与困苦。数十年的阅读、游历和写作，熬更守夜冥思苦想，死掉无数个脑细胞，捻断无数根胡须，用日渐稀疏的头发换来几张稀薄的铅字和微薄的稿酬，更多时候是呕心沥血写出的作品，投稿出去便石沉大海，杳无音讯，还要默默忍受周围同情的目光和不怀好意的嘲讽。写作很辛苦，要在纸质媒体上公开发表刊登出来更是不易呀！《文学路上摆渡人》一文讲述了我的写作引路人谢星波老师痴迷文学的一生，从他身上可以看到基层文学爱好者的那份执着坚守与难于突破创作瓶颈的困境。写作让我快乐，让我充实，同时也让我失去了很多。有时我也反思

自己辛勤的付出是否值得，但看到"豆腐块"大小的文章问世，得到了众人的认可，又鼓足了我继续写下去的勇气。

写作是一场孤独的旅行，但我庆幸身边有一群相互鼓励并搀扶着携手前行的文友，大家互为师生，在交流中碰撞出创作的火花，打捞那最为璀璨耀眼的星辉。文学的殿堂很高，也布满荆棘和坎坷，正是因为有了你们，一路上其实并不孤独。

2023 年 12 月 22 日